KB148200

· 직장인다움 ·

2030
직장생활
지침서

· 직장인다움 ·

2030 직장생활 지침서

김희영 지음

도서출판 **더 로드**
The Road Books

#퇴사를_꿈꾸던_직장인

가난하지는 않았지만 원하는 것을 가져본 적이 없었던 유년 시절, 나의 꿈은 자연스럽게 경제적 독립이었다. 사업할 재주는 없으니 빨리 직장에 들어가 돈을 벌고 싶었다. 나의 바람대로 졸업과 동시에 취업을 했지만 불행 끝 행복의 시작은 아니었다. 정말이지 월급의 무게는 만만치 않았다. 멋진 커리어 우먼을 꿈꿨지만 현실은 달랐다. 일요일 밤이면 다음날 출근한다는 생각에 우울해지는 평범한 회사원이었고, 일에 대한 스트레스, 상사에 대한 스트레스를 그저 글로 풀어내는 작가 지망생이었다. '내 꿈은 이게 아닌데……'라며 마음속으로 외치며 가슴 한 구석에 품었던 사직서를 언제 내던질지 고민하던 찰나, 나는 늦은 결혼을 하게 되었다.

#아직도_재직중

결혼하면 퇴사하고 전업주부가 될 줄 알았는데, 이게 웬걸. 남편이 혼수로 가지고 온 것은 집이 아니라 대출이었고, 부부 공동 명의에 보이지 않는 이름이 하나 더 있었으니 그것은 바로 은행. 자연스럽게 나의 퇴사일은 대출 상환 이후로 밀리고, 밀리고, 또 밀리더니…….

어느새 아이가 회사에 소속 된 어린이집에 다니게 되고 또다시 나의 퇴사 목표일은 아이의 어린이집 졸업하는 날로 연기되었다. 버티고 버티다 보니 어느새 직장생활 18년차에 접어들었다. 학창 시절보다 더 긴 직장인의 세월, 이제는 집에 있는 것보다 회사 가는 것이 더 좋고, 일요일 저녁이면 다음날 출근이 기대된다. 누가 알았을까. 입사 20주년 기념 2주 휴가를 아이와 함께 여행을 상상하는 것이 이렇게 즐거운 일이 될 줄……. 이렇게 나의 예상 퇴사일은 또다시 2년 후로 연기되었다.

#어쩌면_우리_모두의_이야기

대리 찍고, 과장 찍고, 부장 찍다보니 이제는 보인다. 직장생활 실력이 전부가 아니라는 것을…. 운도 따라야 하고 함께 일하는 사람도 중요하고, 때론 엎드려 기다리고 때론 적극적으로 쟁취해야 한다는 것을…. 그때 알았으면 더 좋았겠지만 지금이라도 늦지 않았다는 것을 안다. 나의 경험과 시행착오는 누군가에게는 도움이 될 것이라는 근자감(근거 없는 자신감)이 있기에 나는 오늘도 쓴다. 사회초년생 시절 상사를 욕하며 끼적였던 데스노트와 존경스러운 선배님, 배우고 싶은 동료와 후배의 벤치마크 포인트를 모았더니 한 권의 책이 되었다. 나의 글이 누군가에게는 위로를, 또 다른 누군가에게는 회사생활의 지침이 되기를 바라며 오늘도 쓴다.

- 직장인 멘토 김희영

차례

Part 2

대리 : 일머리를 키우자

Part 3

과장 : 당신은 프로다, 프로는 아름답다

Part 5

부장 : 고인물인가 부랑자인가

PART 1

사원

학생을 벗어나
사회인으로 거듭나라

01. 조직의 룰을 익혀라

당신이 이제 막 학교를 졸업하고 사회에 진출하는 초년생이라면 신경 써야 할 것이 있다. 바로 말투, 복장과 근태이다. 일을 얼마나 잘 수행하느냐, 역량을 갖추었는지 여부보다 중요한 것이 바로 사회인으로서의 기본기를 잘 갖추고 있는가이다. 사실 입사를 했다는 것은 그 회사가 요구하는 기본역량은 갖추고 있다고 해도 과언이 아니다. 업무에서 부족한 부분은 교육을 통해서 채울 수 있다. 하지만 기본기를 갖추지 못했다면? 사회생활 첫 단추 꿰는 것 자체가 어려울 수도 있다.

겉모습은 쉽게 따라할 수 있다. 성숙한 외모의 소유자라면 비록 학생이라도 화장하고 정장스타일의 옷을 입으면 직장인을 흉내 낼 수 있다. 하지만 사소한 순간에 당신이 준비된 사회인인지, 아직 학생티를 못 벗은 애송이인지 딱 티가 나게 된다. 다음은 신입사원으로서 반드시 고치거나 삼가야 할 항목들이다.

언니라고(형으로) 불러도 돼요?

우리나라 특유의 문화가 있는데 두 사람 이상 만나면 나이부터 묻는 것이다. 나보다 연상인지, 연하인지에 따라 호칭이 달라지기 때문이다. '언니', '형'이라는 호칭은 학교 선후배 사이에, 사적인 모임에서 많이 쓰며 우리는 친한 사이임을 나타내는 표현이기도 하다. 하지만 직장에서는 쓰지 말아야 할 말투 1순위다. 이 말을 하는 순간 '얘가 아직 공과 사를 구별하지 못 하는구나'라며 스스로에게 낙인을 박는 것과 마찬가지이다.

물론 말하는 사람 입장에서는 친해지고 싶어서 그렇게 말했을 수도 있다. 하지만 이 말을 듣는 사람은 회사 선배로서 참으로 불편하다. 조직 내에서 공식적인 호칭이 아닌 사적인 호칭을 부르겠다는 것은 실수를 해도 이해해달라는 말인지, 잘 가르쳐 달라는 말인지, 앞으로 잘 부탁한다는 말인지 해석하기가 너무나 모호하기 때문이다. 게다가 그 말을 제 3의 다른 사람이 들었을 때도 "너네들은 회사에 놀러왔니?"라는 핀잔을 들을 수 있게 한다.

입문 교육 중에 멘토로 만난 선배나 또는 같은 부서 내 함께 일하게 될 직장 선배에게는 "언니라고 불러도 돼요?" 그런 질문은 하지 않았으면 한다. 선배라면 선배님, 직급이 있다면 김 대리님, 이 과장님이라고 부르자. 혹여나 '오빠'라고 부르라고 말하는 사람이 있다면 과감히 무시해도 좋다. 공이 우선인 곳에서 사를 내세우지 말자.

내가 생각하는 '언니'라고 부를 수 있는 사이는 회사의 공식적인 행사 외에도 따로 만나는 사이, 여행을 함께 가거나, 집으로 방문해서 가족들도 알고, 퇴사 이후로도 지속적으로 연락을 주고받는 사이이다. 그 외는 회사에서 만나 회사를 떠나면 정리되는 공적인 관계이므로 호칭도 공식적인 호칭을 써야 한다.

TPO에 맞는 복장

입사한 이후 드레스 코드에 대한 안내 메일을 수차례 받은 바 있다. 회사가 권장하는 의상은 비즈니스 캐주얼 (회사에 따라 스마트 캐주얼로 부르기도 한다). 딱히 뭐라고 정의하기는 힘들지만 업무에 적절하지 못하고 단정하지 못한 옷은 입지 말라는 것이었다. 단정하지 못한 옷을 예를 들면 가슴이나 겨드랑이가 깊게 파여 노출이 심한 옷, 하의 실종에 가까운 짧은 반바지, 로고나 장식이 화려한 옷, 라운드 티셔츠, 후드 티셔츠, 찢어진 청바지, 란제리 룩 등 여러 가지가 있다. 그 중에 청바지는 시대 분위기나 인사팀장 성향에 따라 허용되었다가 단속의 대상이 되기도 한다. 청바지 단속이 심하던 시기에는 아무런 특징이 없는 단색 청바지임에도 불구하고 청바지를 입은 사람이 인사과 직원 눈에 띄면 사번을 적고 별도로 면담을 할 정도였다.

하지만 2000년대 후반으로 접어들면서 이러한 인식이 조금씩 변화하고 있다. 그 변화의 중심에는 미국을 대표하는 두 창업가, 스티브 잡스와 마크 저커버그의 역할이 지대하다. 우리가 창의와 혁신의 아이콘인 스티브 잡스를 떠올릴 때 아이폰 외에도 그의 패션을 빼놓을 수 없다. 키노트 스피치를 할 때마다 입었던 검은색 터틀넥과 리바이스 청바지, 뉴발란스 운동화 외 다른 의상 특히 슈트를 입은 잡스의 모습을 떠올릴 수 있는가?

페이스북의 마크 저커버그에게도 트레이드마크가 있다. 바로 후드 티셔츠이다. 몇 해 전, 한국을 방문했을 때 과연 마크 저커버그는 어떤 의상을 입을 것인가 궁금해 하는 사람이 많았다. 대통령을 영접할 때는 슈트를 입었으나 그 외 기업을 방문할 때는 예외 없이 후드 티셔츠를 입었다. 이처럼 캐주얼한 의상은 자유로움과 창의를 점점 대변하고 있고 기업이 지향해야 할 방향처럼 나타나고 있다.

그래서인지 사내에서 후드 티셔츠를 입고 다니는 경우를 예전보다 자주 볼 수 있으며, 사내 콘퍼런스와 같은 행사에서는 운영위원들이 단체 후드 티셔츠를 입거나 참석자에게 기념 선물로 주기도 한다.

캐주얼 의상에 대한 재미있는 일화가 있다. 가상현실(VR) 기기 전문업체인 오큘러스(Oculus)에서 직접 개최하는 개발자 콘퍼런스인 '오큘러스 커넥트'가 있다. 오큘러스는 삼성에게 키노트 스피치 발표 요청을 하면서 발표자에게 정장이 아닌 캐주얼 의상을 입었으면 좋겠다는 조언을 했다. 아무래도 개발자들을 독려하는 행사이니 그 분위기에 맞췄으면 한다는 것이었다. 물론 강제사항은 아니었지만 여기서도 행사 취지를 의상으로 표현하고자 한 의도를 엿볼 수 있다. 실제로 대부분의 발표자들은 라운드 면 티셔츠를 입었다.

나의 경우를 이야기해보자면 원래 정장과 구두를 좋아해서 대학 시절부터 재킷과 셔츠를 주로 입고 치마도 종종 입었다. 입사 후, 직장인이니 당연히 정장을 입을 것으로 생각하고 학창 시절보다 좀 더 격식을 갖춘 옷차림으로 출근했다. 하지만 내가 배치 받은 곳은 개발팀 이었고 팀 내 한두 명의 부장을 제외한 대부분의 사람들이 청바지에 라운드 티셔츠, 운동화 차림이었다. 그런 분위기였기에 내가 출근하면 "희영 씨, 오늘 데이트 약속 있어? 결혼식 아님 장례식이라도 가는 거야?"라고 묻는 사람이 늘 한 명씩은 있었다. H라인 스커트라도 입은 날에는 화장실 갈 때마다 사람들의 수군거림이 들리고 동기들도 농담을 섞어서 "넌 마케팅 직군도 아닌데 왜 그렇게 유난스럽게 옷을 입는 거야?"라고 말할 정도였다. 나는 나의 옷차림이 직장인으로서 당연히 갖추어야 할 기본 에티켓 이라고 생각했는데 조직마다 다른 것이었다. 결국 출근용으로 미리 사두었던 몇 벌의 정장은 고스란히 옷장 안에 들어가게 되었고, 남들처럼 청바지를 입고 출근을 했다.

그리고 4년 후, 잡 포스팅(Job Posting)으로 직군을 변경하여 신설된 개발기획팀으로 부서이동을 하게 되었다. 당시 팀장님이 부서원들을 모아두고 기획자로서 일할 때 유의해야 할 점을 말씀해주셨는데, 보고서 작성보다 옷차림의 중요성을 먼저 말씀하셨다. 갑자기 프레젠테이션을 하거나 사장단 보고를 할 수도 있으니 늘 옷차림은 준비된 상태여야 한다고 강조하신 것이다. 그 말을 듣고 개발팀에서 입던 옷은 다시 옷장 안에 넣어두고 싹 교체를 했다. 같은 회사라도 부서에 따라 이렇게 분위기가 다른데 회사별로 업종별로 얼마나 차이가 날지는 겪어봐야 알 것이다.

의상은 단순히 몸을 보호하거나 멋을 내는 수단이 아니다. 상황에 따라 조직이 추구하는 분위기에 따라 같은 옷이라도 아직 학생 마인드에서 벗어나지 못했냐는 핀잔을 듣기도, 자율과 창의를 독려하는 도구로 사용되기도 한다.

옷차림의 TPO (Time, Place, Occasion)이 다시 한번 부각되는 이유이기도 하다.

출필고 반필면 (出必告 反必面) *

회사에서 한 사람을 평가하는 척도
중 하나는 바로 근태이다. 그 사람이 성
실한가, 불성실한가를 가늠하는 기준이

* 출필고 반필면(出必告 反必面) : 나
갈 때는 부모님께 반드시 출처를 알리
고 돌아오면 반드시 얼굴을 뵈어 안전
함을 알리는 것을 뜻함.

되며 징계 및 구조 조정 시에도 영향을 끼친다. 그러므로 근태는
반드시 규정에 맞게 신청해야 하며, 특이사항 발생 시 상사에게도
꼭 알려야 되는 사항이다.

입사 첫해는 교육이 엄청 많았다. 그룹 입문 교육 4주, 전자 입
문 교육 2주, 사업부 입문 교육 1주를 받고 나서야 부서 배치를 받
았다. 부서 배치 이후에도 프로그래밍 기본 교육, 프로그래밍 심
화 교육, 통신의 기초와 이해 교육 등 주 40시간짜리 필수 교육이
계속 잡혀 사무실에 갈 시간이 없었다. 몇 주 동안 교육장으로 출
근하고 교육이 끝나면 바로 퇴근했다.

그 교육은 모든 신입사원이 받는 필수교육이어서 부서장에게
는 당연히 통보가 가는 줄 알았다. 알고 보니 그 통보는 나에게만
오고 있었고, 부서장이 보기에 난 말도 없이 출근하지 않는 걸로
보였던 것이다. 당시 부서에 신입사원이 나 말고도 5명이 더 있었
고 센스 있는 동료 한 명이 나 대신 매일 근태 보고를 대신 해주고
있었음을 나중에 알게 되었다. 부서장도 무던한 성격이라 그 부분

을 지적하지는 않았지만 메일이든, 구두로든, 문자로든, 사무실의 자리를 비울 때는 공지를 하는 것이 당연한 매너다. 늦잠을 자서 지각을 하더라도 부서장에게 알려야 한다. 실제로 우리 회사는 오후 1시까지 별다른 사유 없이 출근하지 않는 직원에 대해 부서장이 그 사유를 확인을 하라는 지침이 있다.

입사 동기 중에 제주도가 고향이라 회사 근처에서 혼자 자취하는 여직원이 있었는데 자주 지각을 했다. 늦게 일어나는 정도가 오전 9~10시가 아니라 오후 1시 넘어서까지 일어나지 못하고 또 전화도 받지 않았다. 부서장 입장에서는 혼자 사는 신입 여직원이 연락도 없이 출근을 하지 않으니 혹시 무슨 사고라도 당한 것이 아닐까 걱정을 했고 내가 집으로 찾아간 적도 몇 번 있었다.

그 여직원은 평소에 무척 열심히 일했다. 야근도 자주했고 여직원이라 배려 받는 것을 극도로 싫어하는 강단도 있었으나 사전보고 없는 잦은 지각은 결국 '일을 열심히 하려고 하지 말고 기본생활습관부터 바로 잡아라'는 경고를 받게 했다. 결국 몇 년 뒤, 퇴사했는데 건강상의 이유도 있었지만 사전연락 없이 지각을 반복한 것은 '성실성의 결여'라는 평가로 이어져 퇴사를 하는데 어느 정도 역할을 했다.

나 역시도 사원 3년차 시절 근태 보고를 대수롭지 않게 생각했다가 크게 마음 고생한 적이 있었다. 회사에 지도 선배라는 제도가 있는데 입사 3~5년차 사원, 대리급 인력을 선발해 신입사원 교육을 담당하는 연수원으로 파견을 보내 교육을 진행하는 것이다. 지도 선배 파견을 가게 되면 2달 동안 기존 업무는 전폐하고 신입사원 교육을 위한 업무를 하게 된다.

지도 선배로 뽑히는 사람은 2달 동안 새로운 장소에서 새로운 업무를 하기에 지친 직장생활에 큰 활력이 되지만 리더의 입장에서는 대타 충원도 못하고 한 명을 빼야했기에 피하고 싶은 제도였다. 대부분의 리더들이 꺼려하지만 본사에서 직접 진행하는 제도였으므로 매년마다 부서 TO*가 정해져서 내려왔다.

> * TO : Table Of Organization 의 약자로서 일정한 규정에 의하여 정한 인원을 뜻함.

나 역시도 지도 선배 추천을 받았다. 마침 지도 선배 선발 업무를 담당하던 인사팀 담당자가 나의 동기였는데 나에게 개별적으로 연락이 온 것이다. 지도 선배를 하고 싶은 의향이 있으면 인사팀에서 나의 상사를 설득할 테니 걱정하지 말라고 했다. 나는 순진하게 그 말을 믿고, 지도 선배를 가고 싶다고 말했고 나의 상사에게는 별다른 보고를 하지 않았다.

그리고 그 다음 주 월요일 출근을 하니 회사가 발칵 뒤집혔다. 누구 마음대로 인력을 몇 달씩 빼느냐고 전화로 고성이 오가고 있었다. 알고 보니 지도 선배 선발 건으로 나의 이름이 본사까지 보고가 되는 동안 인사팀에서 나의 상사를 설득하는 일은 진행되지 않았던 것이다. 나의 상사는 아무런 배경 설명을 듣지 못한 채 월요일 아침 출근하자마자 내가 2달간 파견가게 되었음을 메일로 통보받은 셈이었다. 그래서 개발팀이 인력 시장이냐, 본사에서 필요하다고 아무런 협의 과정 없이 몇 달씩 차출할 수 있느냐 부서 간의 싸움으로 커진 것이다. 어쨌든 내 이름이 계속 화두에 오르내리기에 나 역시도 마음이 편치 않았다. 뒤늦게 동기가 제안했던 내용과 인사팀에서 설득해준다고 한 그 말을 믿고 보고하지 않았음은 실수였다고 말할 수밖에 없었다.

본사에서는 지도 선배 과정에 대한 안내메일을 보내면서 언제까지 어디로 오라는 연락을 하고, 나의 상사는 본사 메일에 절대 응하지 말고 결정 날 때까지 사무실로 계속 출근하라고 했다. 중간에 끼어있던 나는 이러지도 못하고 저러지도 못한 채 상황이 진정되기를 기다릴 뿐이었다.

인사팀과 현업부서의 힘겨루기 같은 싸움은 일주일을 꼬박 끌었다. 상사가 기를 쓰고 나를 못 가게 한 것도 몇 달씩 파견 가는 업무에 대해 개인적인 친분 관계로 사람을 선발하는 선례를 남기면 안 된다는 생각이 강해서였다. 물론 나의 상사는 본사를 이기지 못했다. 결국 우리 부서에서 한 명은 보내야 했는데, 나 말고 다른 사람을 보내게 되었다. 결과야 어쨌든 부서장 지시 하에 선발하는 과정을 거쳐 나 아닌 다른 사람을 뽑았다. 그리고 나는 그 다음해에 공정한 과정을 거쳐 지도 선배로 갈 수 있었다.

이 일로 인해 근태에 대해 특히 자리를 비우는 상황에 대해서는 상사들이 굉장히 민감하게 반응한다는 것을 알게 되었다. 휴가, 외근, 출장, 파견, 부서이동, 휴직 등 이 모든 것들이 출필고 반필면에서 크게 어긋나지 않는다. 이러한 보고는 격식을 갖출 필요도 없다. 전화나 이메일, 메신저, 문자 무엇이든 가능하다. 출필고 반필면는 상사와 동료에 대한 기본 예의라고 생각하고 꼭 지키자.

02. 체력도 역량이다

당신이 사원이라면 얼마나 능력이 있느냐는 크게 중요하지 않다. 당신이 가지고 있는 스펙은 입사하기 위해 필요한 것이지만, 입사한 이후에도 유효한 경우는 그리 많지 않다. 어차피 사원의 역량은 제로 베이스에서 시작하며 조직에서 필요로 하는 스킬(skill)과 역량은 배워가며 익히면 되기 때문이다. 그렇기에 사원시절에는 긍정적 마인드와 더불어 건강과 체력도 일을 잘하기 위한 중요한 요소이다.

내가 사원일 때 해외 출장이 많은 부서에서 일했다. 해외로 수출되는 휴대폰의 SW를 개발하는 부서였는데 본사에 테스트랩이 없다보니 대부분의 개발은 해외에서 이루어졌다.

Kick-off 미팅이 끝나면 프로젝트 멤버들은 바로 출국하여 개발 완료될 때까지 계속 외국에서 체류했는데 3주 출장, 1주일 귀국, 다시 3주 출장을 6~7개월 동안 반복하는 형태였다. 게다가 부서에서 담당하는 국가가 유럽, 미국, 중남미를 제외한 전 세계 CDMA*국가였기에 새로운 프

* CDMA(Code-Division Multiple Access) : 이동 통신에서 코드를 이용한 다중접속 기술의 하나로 1996년 한국이동통신(현 SK텔레콤)에서 최초로 상용화 함.

로젝트는 곧 새로운 나라로 출장을 떠나는 것을 의미했고, 중국을 중심으로 이스라엘, 베트남, 인도, 대만, 모로코, 남아공, 수단, 호주, 뉴질랜드 등 다양한 나라를 갈 기회가 있었다. 그 당시 부서 대부분이 미혼이었기에 출장에 있어 남녀차별 없이 기회는 모두에게 골고루 분배되었다. 프로젝트 시작할 때마다 지원자를 받아서 멤버를 구성했는데 나는 새로운 나라로 가는 것이 신나고 재미있었기에 항상 손을 들어서 지원했다. 호텔과 라운지 외 그 나라 고유의 음식을 맛보며 지역 명물을 쇼핑하는 것도, 다양한 언어로 "안녕하세요", "감사합니다"와 같은 간단한 인사말을 찾아보는 것도 흥미진진했다.

하지만 모든 여직원이 출장을 즐거워한 것은 아니었다. 몇몇은 물갈이로 고생했는데 그 중 한 명은 장염이 심해져서 바로 한국으로 복귀하기도 했고 또 한 명은 출장 후 바로 갑상선 수술을 받기도 했다. 그래서 다른 여직원들은 가능한 한국과 가깝고 시차가 적은 중국 프로젝트에 주로 배치되었다. 하지만 체력 좋고 건강한

나는 가리는 게 없었고 대만, 인도, 베트남, 이스라엘 순서로 한국에서 점점 먼 곳으로 출장을 가게 되었다.

사실 사원이 출장 가서 하는 일은 크게 대단한 일은 아니었다. 지역 식당 검색, 현지 망 테스트, 현지 이동통신사업자와 커뮤니케이션, 버그 발생하면 현상 재현 및 로그 백업하여 본사로 전달하기, 업데이트된 소프트웨어가 제대로 동작하는지 검증하기 등 실제로 코딩하는 업무보다 단순 업무가 더 많았다. 난이도는 높지 않지만 건강과 체력이 허락하지 않으면 수행하기 어려운 일이었다. 특히나 이스라엘로 출장을 가면 한국과 시차가 7~8시간이 났는데 본사와 콘퍼런스 콜을 하려면 새벽 2~3시에 일어나야 했다. 시차 적응 잘 못하고 잠자리가 바뀌면 잠을 못자는 사람에게는 힘든 미션이었다. 하지만 난 머리만 붙이면 5분 내로 잠들 수 있고, 알람 소리가 울리면 5초 안에 눈을 번쩍 뜨는 체력의 소유자였기 때문에 이런 업무를 수행하는 게 어렵지 않았다.

상사가 나를 출장 보낼 때 고민을 덜 하게 되고 가서도 잘 지낸다는 피드백을 받으니 평가를 할 때 긍정적으로 작동했다. 반면 능력은 있으나 체력이 약해 악으로 깡으로 버틴 동기는 결국 건강상의 이유로 3년 만에 퇴사를 선택하고 말았다.

판매 부수 200만부를 돌파한 다음 웹툰이자, tvN 드라마인 「미생」에도 비슷한 맥락의 문구가 나온다.

"게으름, 나태, 권태, 짜증, 우울, 분노. 모두 체력이 버티지 못해, 정신이 몸의 지배를 받아 나타나는 증상이야. 네가 후반에 종종 무너지는 이유, 데미지를 입은 후에 회복이 더딘 이유, 실수한 후 복구가 더딘 이유, 다 체력의 한계 때문이다. 체력이 약하면 빨리 편안함을 찾게 되고 그러면 인내심이 떨어지고 그리고 그 피로함을 견디지 못하면 승부 따위는 상관없는 경지에 이르지. 이기고 싶다면, 니 고민을 충분히 견뎌줄 몸을 먼저 만들어. 정신력은 체력이란 외피의 보호 없이는 구호 밖에 안 돼."

20대 다져진 체력으로 30대를 버티고, 30대에 운동해야 40대에 달릴 수 있다. 운동이든 보약이든 젊을 때일수록 체력을 비축해두자. 건강과 체력도 조직 생활에서는 차별점이 될 것이다.

03. 보고는 나의 몫, 결정은 상사의 몫

회사생활을 하다보면 때로는 너무 소소하고 사소해서 이걸 보고해야 되나? 말아야 하나? 고민되는 상황이 생긴다. 이 정도면 굳이 보고하지 않아도 내가 결정해도 되지 않을까 유혹을 느낄 때가 있다. 작은 판단 착오가 큰 결과를 불러오기도 하며 두고두고 후회할 일을 가져오기도 한다. 그러니 사소한 일도 고민하지 말고 과감히 보고해라. 그리고 상사의 결정을 기다려라.

입사 3년차에 이스라엘 프로젝트를 한 적이 있다. 프로젝트마다 한 달 이상 장기출장자(일명 붙박이)를 1~2명 선정하고 나머지 멤버들은 1~2주씩 번갈아가며 출장을 나가는 형태였다. 이스라엘 프로젝트에서는 내가 붙박이로 뽑히게 되어 정확히 33일을 이스라엘에서 머무르게 되었다.

당시 이스라엘 사무실에서는 한 달 이상 장기 출장자에게 주말에 예루살렘, 사해를 둘러보는 일일투어 프로그램을 제공했다. 매일 사무실과 호텔만 왔다 갔다 하는 지루한 일상에 기쁜 소식이 아닐 수 없었다. 그때 함께 출장 나와 있던 멤버 4명, 나를 포함한 신입사원 후배, 동료, 대리 1년차 선배까지 함께 토요일 일일투어를 가기로 했다. (이스라엘은 금, 토가 주말이다)

해외 사무실에서 투어 프로그램을 제공하기로 한 사실을 본사에 있는 상사에게 알려야 할지 잠깐 고민을 했으나 '괜찮겠지'라고 생각했다. 왜냐하면 이스라엘은 토요일 아침이어도 7시간 시차 때문에 한국은 거의 토요일 늦은 오후이니 딱히 연락 올 일이 없을 것이라 판단했기 때문이다. 그래서 찜찜한 마음이 1% 남아 있었지만 일일투어에 대한 보고는 저 멀리 넘겨버렸다.

드디어 투어 당일 아침이 되었다. 방탄 리무진이 호텔 앞으로 우리를 픽업하러 왔고 일행 4명은 설레는 마음으로 차에 올라탔다. 한 시간 남짓 운전하여 첫 번째 코스인 예루살렘에 도착했다. 그날따라 날씨는 어찌나 화창하던지 일일 여행에 최적인 그런 햇볕이었다. 주차를 하고 황금 돔과 은색 돔이 보이는 언덕에 도착하여 기념사진을 찍으려는 순간 후배의 휴대폰으로 전화가 오기 시작했다. 82-54로 시작하는 번호만 봐도 한국에서, 그것도 본사 사무실에서 온 전화였다. 한국 시간은 이미 토요일 오후 3시인데 이 시간에 전화가 오다니 뭔가 급한 이슈가 있을 것만 같았다. 후배는 당황해서 어쩔 줄 몰라 하다가 전화기를 꺼버렸다. 그러자 선배 휴대폰으로 다시 전화가 오는 것이었다. 선배는 한참 망설이다가 통화버튼을 눌렀고, 우리 모두는 숨을 죽이며 선배의 통화 내용을 같이 들었다. 내용인즉 전화하신 분은 프로젝트 리더인 과장이었는데 지금 바로 SW를 보낼 테니 폰에 다운로드해서 테스트해보고 버그가 고쳐졌는지 확인해서 알려달라는 것이었다.

그 상황에서 선배는 지금 예루살렘으로 투어를 나와 있어서 당장 확인이 어렵다, 5~6시간 이후에야 가능하다는 이야기를 꺼내지 못했다. 결국 사무실로 돌아가야 하는 분위기로 흘러갔고 안타깝게도 우리의 여행은 그것으로 끝이 났다.

우리가 심각하게 통화를 하고 모두 얼굴을 구기며 맥빠져하고 있으니 현지인 가이드가 한국말을 알아듣지는 못해도 대충 눈치는 챈 분위기였다. 이러이러한 상황이어서 우리는 일하러 가야하니 호텔로 데려다 달라고 이야기하자 그는 무척 황당해하는 표정이었다. 투어 간다고 상사한테 미리 말하지 않았느냐, 왜 주말에 일을 하라고 지시하느냐라는 질문이 이어졌고 우리는 우물우물 대답할 수밖에 없었다.

결국 우리는 사무실로 돌아와서 상사가 지시한대로 새로이 발행된 SW를 다운로드받아서 테스트했다. 그리고 우리가 테스트

결과를 메일로 발송한 시점은 이스라엘 시간으로 오후 1시, 한국 시간으로는 저녁 8시. 한국에서는 모든 사람들이 퇴근한 이후였다. 본사에서는 지금 바로 확인하라고 했지만 결국 그들은 주말을 지나고 월요일 출근 했을 때 결과를 확인했다. 우리가 굳이 예루살렘에서 투어를 중단하고 돌아올 필요도 없었던 것이다. 우리는 테스트를 끝내고 남은 토요일 오후를 허무하게 멍 때리며 보낼 수밖에 없었다.

현지에서 투어 프로그램을 제공했음을 미리 상사에게 보고했더라면 전화가 왔을 때 지금 외출중이라 시간이 좀 걸릴 것 같고 이야기를 꺼내는 것이 어렵지 않았을 것이다. 물론 전화가 왔던 그 상황에서 임기응변을 발휘하여 현지에서 네트워크 공사 중이어서 몇 시간 동안 인터넷을 사용할 수 없다거나, 소규모의 테러가 발생했다거나 (실제 출장 기간 중에 폭탄테러가 발생한 적이 있었다) PC가 고장 났다고 하던지, 뭐라도 핑계를 대며 몇 시간 정도는 벌었을 것이다. 비록 주말이지만 어쨌든 출장지에서 몰래 놀러갔다는 사실이 그렇게 당당하게 말할 수 없는 분위기였기에 한마디 말도 못해보고 지시를 따를 수밖에 없었다.

이 일은 10년도 훨씬 전에 있었던 일이지만 아직까지 아쉬움이 남는다. 이스라엘이 여행이나 출장을 그리 쉽게 갈 수 있는 곳이 아니지 않는가. 나에게 있어 이스라엘 출장은 그 한 번으로 끝나 버렸고 지금까지 이스라엘을 가본 적이 없다. 아마 이번 생애에서 더 이상 갈 일이 없을지도 모르겠다. 그리고 이후 같은 프로젝트 를 했던 선후배 동료들은 예루살렘 정도는 모두 한 번쯤 다녀왔 다는 걸 알고 나니 더욱 아쉽다.

암튼 그 일을 계기로 사소한 것이라도 누군가 나에게 안건을 물어본다면, 그것이 내가 스스로 판단하여 결정 내리기 어려운 문제라면 일단 상사에게 보고를 하고 의견을 듣는 것으로 태도를 바꾸었다. 보고를 하면 나는 당당해질 수 있으며, 책임의 부담도 벗을 수 있다.

이때까지 수많은 기업에서 발생한 각종 전자제품, 차량의 폭발 사고나 리콜 등 외부로 드러난 문제도 결국 보고의 문제였다. 작 은 문제를 담당자 선에서 덮었느냐, 얼마나 빨리 윗선에 보고하고 이슈화하여 의사결정을 받느냐 그 결과의 차이는 크다.

결정은 당신의 몫이 아니다. 그것은 상사의 몫이며 당신은 보고 할 의무가 있다. 고민이 될 때는 보고 후 기다리고 그 결과에 따르 면 된다.

Tip. 기본 업무 매너

결재는 형식일 뿐이다?

90년대 직장인 드라마를 보면 '결재서류'라고 적혀진 두꺼운 파일케이스를 들고 다니는 모습, 상사 책상에 결재서류 파일이 켜켜이 쌓여 있는 모습이 자주 보였다. 대개 회사 업무가 그렇듯 결재를 올리고 승인 받는 일이 꽤나 많이 차지해서 그럴 것이다. 요즘 일반 기업에서 그런 장면은 보기 쉽지 않다. 대부분 전자결재, 이메일 결재를 하기 때문에 자리에서 간편히 처리할 수 있기 때문이다.

하지만 잊어서는 안 되는 것이 하나 있다. 바로 시스템 결재는 형식일 뿐 그 이전에 보고는 선행되어야 한다는 점이다. 그 결재가 비용처리이든, 계약이든, 출장이든, 외근이든 간에 보고를 통해 상사가 인지하고 있는 상태에서 결재가 진행되어야 한다.

상사가 인지하지 못하고 있는 상태에서 올라온 결재 건은 반려되기 십상이며, 그런 사소한 상황이 누적되면 '커뮤니케이션이 잘 안 된다'는 낙인이 찍히게 된다. 물론 상사 중에는 휴가와 같은 근태에 대해서는 굳이 찾아와서 이야기 할 필요 없다고 하는 분도 있다.

그렇게 직접적으로 메시지를 전달한 상사 외에는 대면보고이든, 메신저이든 간단하게 결재 건에 대해 설명을 올리는 것이 좋다. 우리는 결재가 과정이자 결론이라고 생각하고 '메일에 다 써놨는데 뭘 또 설명해야 하지?'라고 생각하기 쉽지만 받아들이는 상사는 결재 자체는 형식이고 그 전에 사전협의가 필요하다고 생각한다. 상사는 하루에 처리해야 할 메일과 메신저가 엄청나다. 빠른 처리를 위해서라도 사전보고가 필요하다.

메일 주소는 또 다른 나의 이름

학생 때는 이메일 계정이나 아이디 만들 때 자신의 기호나 개성을 표현한다. 생일이 12월 5일이어서 dec5th으로 한다든가 lovelyangel과 같이 사랑스러운(?) 아이디를 만들거나 superlookie와 같은 자신의 의욕을 내비치기도 한다.

하지만 업무용 이메일은 담백하게 이름 약자로 하는 것이 좋다. 업무용 이메일은 한 번 만들면 변경 절차가 까다로울 뿐 아니라 그 사용 기간이 10년이 될지 20년이 될지 알 수가 없다. 부장이 되었는데 loonyhoony 와 같은 아이디를 계속 쓴다면? 단체 메일 쓸 때마다 수신인 중에는 이메일 주소를 보며 속으로 웃는 사람이 한두 명씩은 꼭 있을 것이고, 아마 스스로도 이불 킥하고 싶을 것이다.

그리고 동일한 이메일 주소를 구별하고자 hereamong89처럼 숫자에 학번이나 생년월일을 쓰는 경우도 있는데, 이것 역시도 계정 만들 때는 호기롭게 썼을지라도 시간 지나고 나면 그 때 판단을 후회할 수도 있다. 업무용 이메일은 애칭이 아니라 회사에서 불리는 또 다른 나의 이름이라 생각하고 신중하게 작명하자.

상호간 신뢰를 쌓아주는 리마인드

회신해야 하는 이메일이 하루에 한 통, 참석해야 하는 미팅이 일주일에 한두 번이라면 대부분의 사람들이 잊지 않을 것이다. 하지만 회사 연차가 쌓일수록 직급이 높아질수록 수신되는 메일의 숫자가 백 단위를 넘어가고 하루 8시간이 전부 회의로 채워지기도 한다. 또한 긴급한 업무를 우선적으로 처리하다 보면 데드라인이 여유로운 일은 잠깐 잊기도 한다.

사람은 망각의 동물이라 약속이든, 미팅이든, 회신이든 깜빡 놓치는 경우는 언제든지 발생할 수 있다. 그것을 미연에 방지하기 위해서는 사소한 습관이 도움이 되는 경우가 많다. 다음은 리마인드를 할 수 있는 여러 가지 방법이다.

① 하루의 시작은 다이어리, 스케줄 체크부터

출근하자마자 가장 먼저 하는 일은 컴퓨터를 켜면서 업무 다이어리를 훑어보는 것이다. 최근 일주일까지 역순으로 보면서 내가 쓴 메모를 다시 읽어보고 혹시 놓친 일은 없는지 확인한다. 그리고 일정표에 등록된 일정도 함께 확인한다. 나의 일정 뿐 아니라 그룹장, 팀장, 사장 일정도 함께 점검한다. 물론 공개된 일정에 한해서 열람 가능하지만 주요 임원 일정표만 잘 확인해도 어떤 보고가 이루어지고 어떤 미팅이 있는지 알 수 있다. 그것이 곧 회사가 가고자

하는 방향이자 지표이다.

최근에는 스마트폰에 메모도 기록하고 일정 관리도 가능하기 때문에 사무실 도착하기 전, 출근길에서부터 위 일들을 진행한다. 월요일이라면 일요일 저녁부터 확인을 한다면 하루를 조금 더 계획적으로 시작할 수 있다.

② 나 자신에게 리마인드 메일 예약 발송하기

다른 사람에게 자료 작성 요청을 하거나 미팅 참석 요청 메일을 보낸 후 데드라인이 임박했을 때 정중하게 독촉/상기시키는 방법이 있다. 최초 메일의 제목에 [Remind]을 덧붙여 재전송하는 것이다.

이 리마인드 메일은 나에게도 보낼 수 있다. 메일 제목에 [Remind]를 붙이고 해당 날짜에 맞게 예약발송을 하는 것이다. 메일은 받은 즉시 처리하지 않으면 잊게 되는 경우가 많다. 회신해야 할 메일, 완료해야 할 일에 대해 나에게 예약 발송을 해두면 두 번 받은 메일이기 때문에 기억이 선명해지고 우선순위도 높아진다. 중복된 메일로 인해 스팸처럼 느껴질 수도 있지만 확실한 방법이다.

04. 누군가 해야 할 일이면 그건 나의 일

이스라엘 출장을 가게 되면 업무 외에도 해결해야 할 문제가 있었는데 그것은 바로 '저녁 식사'였다. 아침은 숙소에서 제공하는 조식을 먹었고 점심은 사무실의 사내 식당을 이용했지만 저녁은 알아서 해결해야 했다. 사무실과 숙소는 외딴 곳에 있어 인근에는 식사를 할 만한 적당한 레스토랑이 없었다. 처음에는 쇼핑몰이나 시내로 나가서 저녁을 사 먹었는데 퇴근 시간이 맞물리면 이동하는 데만 2시간 넘게 걸렸다. 또한 한 끼 식사비용도 1인당 2만원이 넘는 금액이었는데 식대는 출장비에서 지원되지 않는 항목이었다. 시간이 지날수록 저녁 외식이 시간적, 금전적 부담으로 다가왔다.

그래서 버거킹을 이용했는데 일주일이 넘도록 햄버거만 먹게 되자 몸 안에 트랜스 지방이 쌓이는 것 같았다. 나뿐만 아니라 다른 출장자들도 햄버거를 계속 먹는 것에 불만을 가지기 시작했고, 차라리 직접 요리하는 것이 낫겠다고 생각하기에 이르렀다.

숙소는 레지던스 타입으로 부엌에 조리도구가 갖춰져 있어 식재료만 있으면 취사에 어려움이 없었다. 한두 명씩 저녁을 직접 요리해서 먹기 시작하자 점차 퇴근 후 요리를 당연한 것으로 받아들이게 되었다. 출국 전에 마트에서 쌀과 부식재료를, 면세점에서 김과 김치를 사는 것 역시 출장 준비에 포함될 정도였다.

첫 번째 출장은 식사 준비에 어려움이 없었다. 고등학교 때부터 자취를 하신 과장님의 지시에 따라 열 명이 역할을 나누어서 일사불란하게 움직였기 때문에 MT를 온 것처럼 재미도 있었다. 사람이 많아서 나의 역할은 과장님을 돕거나 식탁 정리를 하는 것뿐이었다.

시간이 지나면서 함께 출장을 나왔던 사람들은 한국으로 돌아갔고, 새로운 사람들이 출장을 나오기 시작했다. 어느 순간 열 명의 출장자 중 내가 유일한 여자이면서 이스라엘에서 가장 오래 체류한 사람이 되었고, 사람들은 나에게 식사에 대해 물어보기 시작했다.

"오늘 저녁 메뉴는 뭐에요?"

이때부터 나는 아홉 명의 생존을 책임져야 한다는 막중한 부담감과 책임감을 느끼기 시작했고 업무보다 저녁 반찬으로 무엇을 요리할 것인지가 더 큰 고민거리가 되었다. 한국에서 준비해 온 식재료가 떨어지자 걱정이 커졌는데, 특히 김치가 없다는 것은 심각한 문제였다. 김치란 김치찌개며, 김치볶음밥, 돼지고기 김치볶음 등 다양한 반찬으로 요리할 수 있는 만능 재료이자 출장자에게 한국의 향수를 달래줄 수 있는 소울 푸드(Soul Food)였기 때문에 다른 메뉴를 빨리 찾아내야 했다. 다행히 가까운 곳에 러시안 마트가 있어서 야채와 고기를 쉽게 살 수 있었고, 레시피를 검색해 이것저것 만들어보기 시작했다.

어느새 나는 요리사로서 주방의 중심이 되었다. 그 당시 나는 회사 기숙사에 살고 있어서 음식을 만들 기회가 없었고 요리도 많이 서툴렀기 때문에 처음에 만든 음식은 젓가락이 몇 번 가지 않아 버리는 경우가 많았다. 하지만 매일 요리에 대해서 연구하고 다양한 방법으로 시도하자 먹을 만한 반찬 가짓수가 늘어나기 시작했다. 굴 소스 야채 볶음, 감자조림, 된장찌개, 닭볶음탕 등등 맛있다는 평을 받았으며, 먹고 싶은 메뉴를 나에게 말하면 그 음식을 비슷하게 만들어 낼 수 있는 수준에 이르렀다. 점점 메신저 대화 내용은 언제 장을 보러 가는지, 무슨 요리를 할 것인지가 주를 이루게 되었다.

하루는 누군가 삼겹살을 먹고 싶다고 했다. 러시안 마트에서 돼지고기를 살 수는 있었지만 기계가 없어서인지 삼겹살처럼 고기를 얇게 썰어주지는 않았다. 하는 수 없이 스테이크 두께의 덩어리 고기를 사서 프라이팬에 구웠다가 익은 부위를 썰어낸 후 다시 굽기를 반복했다. 두꺼운 고기를 익히는데 요리 시간이 오래 걸렸고, 그날 식사와 설거지를 끝냈을 때는 저녁 9시를 훌쩍 넘기고 말았다.

가끔씩 요리를 하면 재미있지만, 매일 10인분의 식사를 준비하는 것이 점차 스트레스로 다가왔다. 나에게도 주어진 업무가 있고, 그 일을 처리하기 위해서 출장을 나온 것인데 식사 준비에 더 많이 신경을 쓰게 되자 '동료들이 나를 밥하는 식모로 생각하는 건가?' 하는 생각에 짜증이 솟구칠 때도 있었다.

하지만 나 역시 저녁은 먹어야 했고 햄버거는 더 이상 먹기 싫었다. 나를 대신해 요리를 할 사람도 없었고 미루려고 해도 미룰 사람이 없었다. 막내 신입사원은 출퇴근 운전기사 노릇을 하느라 바빴고, 나머지 멤버들은 그야말로 '요알못'(요리를 잘 알지 못하는 사람을 줄여 부르는 신조어)이었다. 상황이 이러하니 먹고 살기 위해 내가 하자고 마음먹었다. 이 프로젝트가 끝나면 이 어이없는 역할도 끝나리라 생각하면서 불평을 하거나 얼굴에 싫은 티를 내지 않고 묵묵히 요리를 했다.

한 달 후, 본사 사무실로 출근하여 상사에게 첫 보고를 했을 때 첫마디가 "희영 씨가 그렇게 요리를 잘한다며?" 이었다. 나에 대한 평판이 메신저를 타고 한국까지 전해졌고 "이스라엘에서 희영 씨가 주로 요리를 하는데 먹을 만하더라"에서 시작된 평판은 과장이 보태어져 "희영 씨가 요리를 아주 잘 하더라", "거의 요리사 수준이더라"까지 와전된 것이다.

또한 요리 외에 내가 했던 또 다른 일은 인터넷을 사용할 수 있도록 현지 사무실에 네트워크 공사를 요청하는 것이었다. 남자 출장자들이 매니저에게 요청하면 완료될 때까지 반나절이나 꼬박 하루가 걸리기도 해서 그동안 업무를 할 수가 없었다. 하지만 내가 나서면 한 시간 안에 처리되었는데 그 당시 20대 본사 여직원의 출장은 아주 드문 경우였기 때문에 도움을 요청하면 많은 분들이 도와주셨다. 이런저런 일들로 나는 '함께 출장가고 싶은 동료', '믿고 보낼 수 있는 후배직원'으로 손꼽히게 되었다. 이런 평판은 역시나 좋은 고과로 이어졌다.

솔직히 사원일 때 하는 일은 허드렛일이 많다. 회의실 세팅, 다과 준비, 회식 장소 예약하기, 복사하기, 주간업무 같은 반복적인 문서 취합, 회의록 작성 등등 누군가는 해야 하지만 중요하지도 않고 성과로 내세우기도 애매한 일들이다. 1년이 지나고 2년째 반복되면 '내가 이런 일 하려고 이 회사에 들어왔나?', '나는 언제 제대로 된 일을 할 수 있을까?' 자괴감이나 초초함이 들 수도 있다. 하지만 작은 일을 허투루 다루지 않는 마음가짐과 정성을 다하는 태도는 내가 직접 알리지 않아도 누군가를 감동시키게 된다. 그것이 나중에 자신에게 기회로 돌아올 것이다.

05. 내 자리는 내가 지킨다

우리나라에 '족보가 꼬인다'라는 말이 있는데, 나이는 어린데 촌수나 학년이 높을 경우 쓰는 표현이다. 선배인줄 알았는데 알고 보니 나보다 나이가 어려서 이때까지 존댓말 했던 것이 억울하다 거나 촌수로 따지면 나보다 항렬이 높아 형님뻘이지만 나이가 한참 아래이기 때문에 존대를 하는 것이 싫다는 에피소드는 주변에서도 쉽게 들어볼 수 있다.

군대라는 조직에서는 나이에 상관없이 군번 순으로 상하관계가 깔끔하게 정리되지만 회사는 군대와 비슷한 점이 있긴 하지만 똑같은 곳은 아니기 때문에 가끔씩 족보 꼬이는 상황이 발생하기도 한다.

남자의 경우 보통 군대를 이유로 3년 늦게 졸업을 하고 입사를 하기 때문에 학교에서는 학번으로는 선배였을지라도 회사에서는 사번으로 따져보면 후배가 되는 경우가 많다. 이것 역시 사회생활에 대한 개념이 있는 사람이라면 나이 어린 선배에게 '선배'라고 부르거나 직급을 부르는 등 적절한 호칭을 사용할 것이다. 하지만 일면식도 없는 상황인데 보자마자 반말을 하거나 적절치 못한 호칭을 쓰는 사람 때문에 불편하게 느껴진다면 스스로 정리를 할 필요가 있다.

사원 3년 차일 때 있었던 일이다. 같은 부서 동료들과 3주 동안 해외 출장을 가게 되었는데 마침 비슷한 시기에 출장을 나온 다른 부서 사람들도 있었다. 그들과는 프로젝트도 다르고 본사에서도 전혀 교류한 적이 없는 처음 보는 사람들이었다. 하지만 출장 기간 동안 같은 업무공간을 사용하고, 같은 숙소를 사용하여 종종 마주치다보니 주말에는 유명 관광지나 현지 맛집을 함께 다녀올 정도로 친해졌다.

친해질수록 불편한 점도 생겨났는데 바로 그 팀에 남자 신입사원 김상욱 씨였다. 그는 석사출신이었는데 우리 회사는 군필(軍畢, 병력의 의무를 마침)은 경력으로 인정하지 않지만 석사 졸업자의 경우 2년 경력으로 인정되었다. 즉, 그는 신입이지만 입사 3년차인 나와 같은 연차였고 2년 후에 함께 대리로 진급하게 되는 상황이었다. 그래서인지 그는 나를 선배라 부르지 않고 희영 씨라고 불렀다. 그 당시 회사에서의 호칭은 대리가 되기 전까지는 입사 사번에 따라 동기나 후배에게는 '~~씨'라고 불렀고 1년이라도 먼저 입사를 했으면 선배라고 부르는 것이 원칙이었다.

내가 엄연한 선배임에도 불구하고, 그 신입사원은 2년 후에는 동등한 직급임을 미리 계산해서 이름을 부르는 것인가라는 생각에 못마땅하게 여기고 있었다. 그런데 그는 또 나와 같은 팀 남자 동기에게는 깍듯하게 선배라고 부르는 것이 아닌가. 상욱 씨의 성격이나 태도가 문제가 있는 건 아니었지만 이 사람이 나를 여자라고 무시하는 건가? 하고 드는 불편한 감정은 계속 쌓여갔다. 지금 이 시점에서 바로 잡지 않으면 상황은 이대로 굳어질 것 같다고 느껴 그 남자 신입을 따로 불러서 주의를 주었다.

"상욱 씨, 사회생활한 지 얼마 안 되서 잘 모르는 것 같아 내가 한마디 할게요. 나한테는 희영 씨라고 부르고 같은 부서 민수 씨한테는 선배라고 부르던데요. 민수 씨와 내가 동기인 거 이미 알고 있죠? 그런데 왜 호칭을 다르게 쓰나요? 상욱 씨는 같은 부서 여자 선배한테도 그래요? 아니면 내가 다른 부서 사람이라서 그러는 건가요? 상욱 씨도 군대 갔다 왔으니 조직에서는 나이가 아닌 사번이 우선이라는 것을 잘 알고 있겠네요. 사회생활 그렇게 하면 안 됩니다. 나중에 같은 직급 될 거라고 벌써부터 신입이 그러는 거 잘못된 행동이에요. 앞으로는 나한테 선배라고 부르세요."

예상치 못한 지적에 그는 깜짝 놀랐고 바로 자신의 잘못을 시인했다. 그 이후 상욱 씨는 나에게 깍듯하게 선배라고 불렀고, 10년이 훨씬 지나 대리, 과장, 부장을 거치는 동안에도 나를 선배라고 부르고 있다. 요즘은 수평적 조직 문화 캠페인으로 인해 직급에 관계없이 '~~님' 또는 '~~프로님'으로 부르도록 호칭이 정리되었기에 그때의 해프닝은 그야말로 "라떼는 말이야" 이야기가 되었지만 요즘도 김상욱 부장을 만나면 철없던 신입사원에게 따끔하게 주의를 주었던 내가 고마웠다는 이야기를 한다.

권위가 꼭 거창할 필요는 없다. 하지만 본인이 부당함이나 불편함을 느낄 때, 이건 아니다 싶은 순간에는 스스로 상황을 바로 잡을 필요가 있다. 그것이 학생과 직장인의 가장 큰 차이점이다.

06. 역차별 논란의 중심, 보건 휴가

회사에서는 여성들만 사용할 수 있는 휴가가 있다. 바로 한 달에 하루 주어지며, 생리통이 심할 때 사용할 수 있는 보건 휴가 또는 생리 휴가이다. 보건 휴가는 사실 민감한 부분으로 이 휴가를 사용하는 것에 대해서는 동성지간에도 인식이나 분위기가 많이 다르다.

나 역시도 결혼 전에는 생리통이 심하지 않았기에 보건 휴가의 필요성에 대해 공감하지 못했다. 굳이 보건 휴가 결재를 올림으로서 '저 지금 생리중이에요'라고 광고할 필요가 있을까 하는 생각도 들었다. 하지만 출산 후 없던 생리통이 생겨 진통제를 먹지 않으면 허리를 펴기 힘들만큼 꿍꿍 앓게 되자, 그제야 제도의 필요성을 공감하게 되었다. 내가 겪은 생리통은 한마디로 출산 시 겪는 진통의 축약 본이었던 셈이다.

지금 일하는 회사는 남성 비율이 75% 이상인 조직으로 내가

20년 가까이 직장생활 하는 동안 보건 휴가를 쓴 경우는 다섯 손가락 안에 꼽을 정도이다. 가장 마지막에 쓴 경우가 자궁외 임신으로 나팔관 절제 수술을 하게 되어 주어진 5일의 휴가로는 컨디션 회복이 부족했을 때였다. 그 전에는 명절 다음날 보건 휴가 결재를 올렸는데 결국 반려 당했다. 결재 반려에 대한 아픈 기억 때문인지 그 때로부터 10년도 더 지났지만 생리통이 심하면 진통제를 먹으며 버틸지언정 보건 휴가는 아직도 망설여진다. 실제 조직의 보건 휴가 사용률은

10% 내외라고 하며 다른 기업에 일하는 친구를 보아도 보건 휴가를 쓰는 경우를 자주 보지 못했다. 국가통계포털(KOSIS)의 최신 자료를 보아도 전년도 생리 휴가 사용 비율은 9.1%~22.9%이며 여성 인력의 비율이 40% 이상이 되는 보건복지부, 국가인권위 등 공무원 조직에서조차 생리 휴가 사용 비율은 극소수에 불과하다.

이 제도가 특히 남성들로부터 역차별 논란을 일으키는 주범 중 하나인 것은 결재권자가 대부분 남성이며 보건 휴가를 정말 필요해서 사용하는 것이 아니라 악용한다고 생각하기 때문이다. 아직도 몸이 아프고 힘든데 굳이 출근해서 도저히 앉아서 일할 수 없는 상태임을, 쓰러지기 직전의 상태임을 증명해 보이거나 심지어 생리대 사진을 찍어서 보내야 결재를 해주는 기업도 여전히 존재

한다.

하지만 가끔씩은 같은 여직원이 보기에도 눈살이 찌푸려지는 경우도 있었다. 한 달도 건너뛰지 않고 매번 금요일/월요일 또는 샌드위치 휴가에 붙여서 사용하는 경우, 매달 마지막 일과 다음 달 첫째 날을 붙여서 사용하는 경우 등등이다. 심지어 같은 부서 내 여사우 여러 명이 같은 날 동시에 보건 휴가 결재를 올리고 함께 놀러 갔다 와서 다음날 이야기하는 것을 듣기도 했다. 그런 일부 몰지각한 사람들 때문에 정말 필요한 사람들이 요청할 때도 개인 휴가처럼 악용한다고 생각되는 것이다.

보건 휴가는 우리나라에만 존재하는 제도라고 한다. 조직의 분위기도 눈치 보지 않고 필요시 보건 휴가를 사용할 수 있는 분위기가 형성되어야 할 것이다. 제도 자체도 신청자가 수치심을 느끼지 않도록 명칭이 바뀌거나, 보건 휴가를 얻기 위해 청구하는 방식이 아닌, 기본적으로 주어지고 사용하지 않을 때 취소 가능하도록 하는 등의 형태 변경도 검토되어야 할 것이다. 하지만 사람들 인식이 변하고 제도가 정착되기 전까지 보건 휴가를 사용하는 사람이 여성 전체를 욕먹지 않도록 현명하게 사용하는 매너도 역시 필요하다.

다음은 보건 휴가에 대한 규정이다.

- 보건 휴가의 정의 : 여성근로자에게 생리 시 사용할 수 있는 월 1일의 생리 휴가
- 개인 휴가처럼 보건 휴가를 사용 불가하며 반드시 사유 발생 조건이 될 경우 사용 (보건 휴가 사용 불가의 예. 친구 결혼식 참석, 감기, 하계휴가 등)

07. 마케팅 전공이라서
마케팅 부서 아니라면 퇴사하겠습니다

예전에 스피치 학원에 다닐 때 일이다. 평소에는 미리 주어진 주제 또는 자유 주제에 대해 3분 스피치를 하는 형식으로 수업이 진행되었다. 그러던 어느 날, 대학 4학년으로 취업을 준비 중인 여학생이 새로 등록을 했다. 취준생인 만큼 평소처럼 주어진 주제에 대해 5분 스피치를 하는 것보다 모의 면접을 하고 싶다고 했다. 모든 수강생들이 흔쾌히 OK했기 때문에 여학생이 먼저 자기소개를 하면 나머지 사람들이 면접관이 되어 질문을 하는 형태로 진행되었다.

먼저 자기소개. 고등학교 때 혼자 캐나다로 연수를 떠났고 대학에서 마케팅을 전공했다고 했다. 어머니가 사업을 하시는데 그 영향을 많이 받았고, 본인의 롤 모델도 어머니라고 했다. 그녀의 첫인상은 한 마디로 당차고 똑 부러지는 신세대 아가씨였다.

자기소개가 끝나자 서너 명이 질문을 했는데 그분들 연령이 거

의 여학생 부모님 연배어서인지 질문도 부드럽고 어떤 대답에도
흐뭇한 아빠 미소를 지으시는 것이다.

나는 수강생 중 여대생과 가장 나이대가 가깝고 직업 현장에
몸담고 있었기 실질적인 도움을 주고 싶었다. 면접용 질문을 하자
면 열 개라도 할 수 있겠지만 시간 관계상 하나만 했다.

"만약에 마케팅 부서가 아닌 영업이나 기획 부서에 배치가 된
다면 어떻게 하시겠어요?"

"저는 전공도 마케팅이고 예전부터 계속 마케팅 업무를 하고
싶었습니다. 다른 부서는 생각도 안 해봤습니다."

"그럼 퇴사하실 건가요?"

"네, 퇴사할 겁니다."

대답 또한 첫인상처럼 똑 부러지고 명쾌했다. 해주고 싶은 말이
많았지만 시간 관계상 "네, 알겠습니다."라고 마무리했다.

주변의 수많은 선후배들의 경우를 보고 나 역시도 부서를 옮겨
보고 직군도 바꿔본 경험을 바탕으로 이야기해보자면 자기가 원
하는 부서에 배치 받는다는 것은 정말 행운에 가깝다. 우리 회사
에서 정말 우수한 인력 - SKY를 넘어 스탠포드나 MIT, 옥스퍼드
석박사 출신 - 들도 자기의 전공과 전혀 관계없는 일을 하는 경우
를 많이 보았다. 심지어 경력직도 마찬가지였다. 게임 회사 출신이

지만 게임이 아닌 광고를 담당한다든가 카드 회사 출신이지만 페이(Pay) 서비스가 아닌 헬스 서비스를 담당하는 사례도 비일비재하다.

아무리 직장 경력이 길고 공부를 많이 했어도 수석/부장 직급까지는 부서 배치 당시의 운에 따르는 것 같다. 해외주재원 출신도 자신이 미주 영업을 담당했다고 해도 본사로 복귀 당시 TO가 없으면 유럽이나 중남미 영업부서로 배치 받게 마련이다.

또한 원하는 부서에 배치 받았다 한들 조직개편으로 영업 조직과 마케팅 조직을 한 부서로 통합하는 경우도 있고, 원래 몸담았던 조직이 없어지고 다른 부서로 흡수되면서 경력과 전혀 관계없는 업무를 담당하게 되기도 한다. 특히나 경영환경이 나빠지면 제일 먼저 영향 받은 부서 중 하나가 마케팅 부서이기도 하다. 내가 아는 회사 선배 중 입사 후 계속 마케팅 업무를 담당하는 케이스는 해외대학에서 마케팅석사를 졸업하고 외국계 회사에서 마케팅 업무를 하다가 우리 회사에 상무로 입사하여 전무, 부사장까지 승승장구하신 단 한 분뿐이다.

그렇다면 임원들은 자신이 원하는 업무를 하게 될까? 경력으로 입사하는 경우는 심층 면접을 통해 주어진 자리와 사람을 딱 매칭하는 경우가 있지만 그 외 경우는 순수 개발 출신이었다가 기획업무를 하는 경우도 있고, 상품 전략에서 디자인을 담당하게 되는 경우도 비일비재하다.

결국 확률 상으로 봤을 때 이 글을 읽는 당신은 자신이 원하지 않는 부서에 배치 받을 가능성이 매우 크고 조직개편으로 부서가 바뀔 일은 언제든지 있으며 나중에 진급을 하더라도 또 새로운 업무를 개척해야 할 가능성은 늘 존재한다.

그렇다면 원하지 않은 부서에 배치 받았다고 퇴사할 것인가? 다른 회사로 이직을 한다한들 조직의 생리는 비슷하기 때문에 결국 비슷한 상황은 또 일어날 것이다. 끊임없이 자신의 업무 범위를 넓혀 나가는 수밖에 없다.

나는 컴퓨터공학 전공자로 SW엔지니어로 사회생활을 시작했지만 현재 기술전략 업무를 하고 있다. 학창 시절부터 경영학을 부전공하며 언젠가 기술을 기반으로 한 경영 관련 업무를 하고 싶다고 생각했지만 막연히 어떤 업무인지, 어떤 부서로 배치 받아야 하는지도 알지 못했다. 기술전략, 기술기획, 개발전략 등의 부서는 입사 당시만 해도 존재하지 않았고, 3~4년 뒤에 신설되었지만 생소하고 낯선 부서였다.

다만 지금 하는 일에서 조금 벗어나 다른 분야를 관찰하고, DISC, 에니어그램, MBTI 검사 등을 통해 나의 성향과 강점이 무엇인지 고민해보았다. 같은 회사 내에서 직군 변경을 한 사람, 이

직한 사람 등 커리어를 바꾼 사람들을 만나 경험담을 들어보기도 했다. 또한 인사팀과 면담을 통해 신규 인력을 필요로 하는 부서가 어디인지, 그 부서에서는 어떤 조건의 인력을 원하는지 확인하며 6개월 이상 차근히 준비했다. 그 과정 동안 현재 일하는 부서에서 '곧 부서를 이동할 것 같은' 이미지가 생기지 않도록 평판 관리도 계속했다. 그런 준비가 바탕이 되어 새로운 기회가 왔을 때 잡을 수 있었다. 그 간의 시행착오도 많았지만 학창 시절 어렴풋이 생각했던 내가 하고 싶던 그 업무를 지금 하고 있다. 함께 사회생활을 시작한 입사 동기들도 의지가 있었던 사람은 다양한 경로로 부서 이동을 하여 자기가 원하는 업무를 하는 경우가 많다.

결국 사회의 첫 시작을 원하는 부서에 배치 받았는가, 받지 않았는가는 그렇게 중요한 문제가 아니다. 조직 안에서 역량 성장과 주요 커리어도 스스로 만들어 나갈 수 있다.

08. 프리랜서와 직장인의 차이는 무엇일까

조직 생활에 적응하고 회사 생활이 익숙해지는 입사 3년차 정도 되면 직장인 사춘기가 찾아오는 시기이다. 이 일이 내 적성에 맞는 일일까? 지금 회사보다 더 좋은 곳은 없을까? 와 같은 대한 고민이 시작되면서 가벼운 우울증(?) 같은 감정이 들기도 한다. 다음날 출근 생각에 심란해지는데 특히 일요일 저녁이 되면 최고조에 이른다. 휴가와 여행이 그리워지는데 SNS를 통해서 보는 지인, 특히 프리랜서의 삶이 슬슬 부러워지기도 한다. 시간을 자유롭게 활용할 수 있고, 눈치 볼 상사도 없고, 하고 싶었던 것을 마음껏 펼치는 프리 선언 후의 삶은 로망 그 자체로 보인다.

프리랜서와 직장인의 차이는 무엇일까?
겉으로 봤을 때 극명한 차이점은 정해진 시간에 정해진 공간으로 출근을 하는가 아니면 집이든 커피숍이든 컴퓨터만 있으면 어디든 사무실이고 작업공간이 되는가 정도일 것이다. (물론 지금은 재택근무를 도입하는 회사가 늘어나는 추세라 일하는 공간으로 직장인과 프리랜서를 구별하기가 쉽지 않을 것이다.) 가장 근본적인 차이는 딱 일한 만큼이 나의 소득이냐 일한 만큼 소득 외에 플러스알파가 있느냐 그 차이일 것이다.

혹시 급여명세서를 자세히 본 적이 있는가? 물론 유리 봉투라 불리는 직장인의 급여는 소득세, 주민세, 국민연금, 건강보험료, 고용보험 등 세금 외에도 떼어가는 항목이 많다. 그것을 제외하고 급여 내역을 보면 기본급과 능력급, 자기개발비(또는 고정시간외수당)라는 항목으로 구분된다.

기본급은 말 그대로 기본적으로 주어지는 금액이기 때문에 병가와 같이 출근을 하여 근무하지 못하는 상황에서도 지급된다. 또한 퇴직금과 상여를 계산할 때 기본 베이스가 되기도 한다. 교육을 받거나, 한 프로젝트가 끝나고 다음 프로젝트 투입 전까지 업무의 공백기가 발생하더라도 즉 실질적으로 일을 하지 않는 시간이 있어도 월급이 지급되는 것은 조직에 속해있기 때문에 가능한 것이다.

보너스는 원래 연봉에 포함되었다 치더라도 그 외 각종 복리후생들, 학원비며 자녀 유치원비 하다못해 건강검진, 식대, 전기세, 프린트 비용까지 급여에 책정되지 않지만 프리랜서라면 모두 직접 지불해야 할 부대비용까지도 지원되는 것이다.

그렇기에 조직 생활의 기본은 근무 시간에 성실할 것을 기본으로 한다. 특별한 근태가 발생하지 않는 한, 일 8시간 주 40시간 근무를 지킬 것을 요구한다. 한때 근무기강 확립이라는 명분으로 인사팀에서 임직원들의 인터넷 접속 사이트를 모니터링하고 방화벽으로 주식, 게임 사이트를 접속하지 못하게 막아 놓기도 했다. 점심시간은 보장하지만 흡연을 금지하는 것도 비슷한 이유에서이다. 때로는 지나치게 임직원의 사생활을 통제하는 것이 아니냐는 논란을 불러일으키기도 했지만 업무시간의 충실은 기본적인 요구사항이다. 요즘은 이런 사고방식이 많이 엷어졌지만 여전히 회식도 업무의 연장이라고 생각하는 분들이 있다.

프리랜서와 직장인의 극단적인 차이는 박지윤 아나운서의 경우에서 찾아볼 수 있다. 박지윤 아나운서는 둘째 아이를 출산하고 단 10주 만에 방송에 복귀하여 많은 사람들의 놀라움을 샀다. 직장인에게 주어지는 최소한의 출산휴가인 3개월보다 더 짧은 기간 동안 산후조리를 한 셈이다.

혹자는 그런 그녀를 보고 '야망녀'라고도 하지만 일을 쉬면 당장 이번 달 수입이 없어지는 프리랜서이기 때문이다. 쉬면 잊히고 잊히면 일이 없어지고 그래서 쉴 수 없다는 전제가 깔려 있다. 실제로 프리랜서 중에는 결혼식 하루 전에도 새벽까지 작업해서 넘겼다는 일화가 비일비재하다.

또한 현재의 통장 잔고뿐 아니라 3개월 후, 6개월 후, 심지어 1년 후의 잔고까지 걱정한다고 한다. 지금 당장 벌어들이는 수입이 적은 것은 결코 아니며 직장 다닐 때 받던 월급과 비교했을 때 많으면 많았지 더 적지는 않다. 그럼에도 지금 들어오는 일들이 '언제까지고 있진 않다'라는 생각이 마음속에 깊게 자리 잡고 있기 때문이란다. 그러다 보니 자동적으로 '일이 들어오지 않을 시점'을 대비하게 된다고 한다.

직장 다닐 땐 엄두도 못내는 2주 ~ 한 달 정도의 여행도 퇴사하면 가능할 것으로 생각한다. 시간적으로 자유로우니 당연히 갈 수 있을 거라 생각하지만 막상 퇴사하면 항공료와 숙박비로 인해 다시 한번 생각하게 된다. 게다가 자기 이름을 걸고 하는 일이 있다면, 그것이 아무리 온라인으로 처리 가능한 일이라도 해도 마음이 썩 편할 것 같지 않다는 것이 공통된 의견이다.

퇴사를 막연히 꿈꿀 때는 핑크빛의 낭만적 라이프 스타일을 기대한다. 갑자기 훌쩍 떠나는 여행, 모두 출근한 평일에 찾아가는 카페와 전시관. 따사로운 햇살을 받으며 먹는 근사한 브런치. 하지만 먹고사는 일에 치이다 보니, 낭만을 유지하는 게 생각보다 훨씬 더 힘들다. 낭만을 잃은 퇴사자는 직장인과 별반 다를 게 없다.

상사의 눈치를 보지 않는다는 것 외에는 정말 차이가 없다. 클라이언트는 항상 신경 쓰일 것이고, 일에 치여 쉬지 못하는 것도 마찬가지일 것이다. 거기다 꼬박꼬박 들어오는 월급이 없으니 불안하기까지 하다.

누군가는 또 언젠가는 직장인이 아닌 프리랜서의 길을 선택할 것이다. 하지만 인생이 그렇듯 장점만 있는 일도 단점만 있는 일도 없다. 다만 직장에 있는 동안은 본인이 누리고 있는 것에 대해서는 잊지 않았으면 한다.

PART 2

대리

일머리를 키우자

01. 직장생활 암흑기 : 대리

　지난 직장생활을 돌이켜보면 내가 당한 남녀차별의 절정기는 바로 대리 시절이었다. 너무 힘들어 일하다가 화장실로 달려가 울기도 했고, 부장의 만행을 안주 삼으면 밤새도록 수다로 한풀이를 했었다. 그때는 정말이지 사직서를 가슴에 품고 직장을 다녔었다. 그래서 나는 대리가 직장생활의 암흑기라고 생각한다.

　대리 때 담당했던 업무는 선행과제를 발굴하여 해외 주요 전시회에 출품하는 일이었다. 참석했던 전시회가 2개였는데 하나는 매년 1월경 라스베이거스에서 열리는 CES (Consumer Electronics Show), 다른 하나는 2월경 바르셀로나에서 열리는 MWC (Mobile World Congress)였다. 업계에서 가장 큰 규모의 전시회였고 일부 인력만 참석을 할 수 있었기에 고생은 되었지만 누구나 한 번쯤 가고 싶어 했던 선망의 출장이기도 했다. 게다가 라스베이거스와 바르셀로나는 듣기만 해도 가슴 두근거리게 만드는 도시이지 않는가! 그래서 나 역시도 이러한 전시회에 참석하는 것을 버킷리스트에 기록할 정도였다. 당시 부서장인 부장에게 시간 날 때마다 출장 가고 싶다고 어필했고 부장 역시도 회식 때마다 다음 전시회 출장은 나를 꼭 보내주겠다는 약속했다.

대리 3년차 되던 해 과장 한 명, 사원 한 명과 함께 나도 CES 출장자로 선발이 되었다. CES는 전 세계 유명한 전자업계가 다 모이는 자리이기도 하고 회사 내에서도 다양한 부서에서 참석하기에 많은 출장자를 위한 교육을 따로 실시할 정도였다. 그 교육도 받고 미국 비자 준비며 전시해야 할 과제를 챙기는 등 거의 행사 한 달 전부터 출장 준비로 야근과 주말 출근이 계속되었다.

CES 출장 경험이 있는 동료와 선배들은 업무가 끝나면 그랜드 캐니언 투어를 가거나 태양의 서커스 공연도 보라고 알려주었기에 일이 많아도 출장에 대한 기대에 부풀어 피곤한 줄도 몰랐다. 그렇게 시간이 흘러 바야흐로 출장 3일전이 되었다. 갑자기 부장이 나를 부르더니 회의실에서 조용히 이야기를 하자고 했다.

평소 업무 관련 지시는 늘 본인의 자리에서 이야기했기에 굳이 회의실에서 이야기를 하자고 하는 것이 심상치 않음을 느꼈다. 부장이 꺼낸 말은 지원팀에서 비용 절감의 이유로 각 부서별로 출장자를 한 명씩 줄이라는 공문이 내려왔다는 것이다. 그래서 부득이하게 나를 지정할 수밖에 없었다며 궁색한 변명을 늘어놓았다. 과장은 출장 업무 전체를 책임져야 하니까, 후배는 임원 의전 경험이 많아서 가야 하니 미안하지만 이해해달라고 했다. 그러면서 내가 하던 업무는 함께 가기로 한 후배 사원에게 인수인계하라는 말도 덧붙였다.

부장은 평소에도 해외 전시회 출장이 업무 경험과 역량을 넓히는 데에도 도움이 되니 기회는 모두에게 공평하게 주겠다고 공공연하게 선언하곤 했다. 뿐만 아니라 나를 출장자로 선정한 이후에는 틈만 나면,

"김 대리, 이번에 특별히 기회 주는 거니까 잘해 봐."

"출장 갔다 오면 쏘는 거 알지? 어디 보자, 내가 잘 아는 삼겹살 맛집이 있는데……."

"부서 대표로 출장 가는 거니까 모든 과제 다 이해하고 현장에서 책임져야 해."

등등의 멘트를 얼마나 많이 날렸는지. 상황에 따라 순식간에 입장을 바꾸는 부장의 태도가 어이없기도 하고 화가 났지만 그는 '답정너'였다.

내가 출장 업무를 인수인계 해줄 후배 사원은 나보다 3년 후배였지만 나이는 나보다 한 살 많은 남직원이었는데 일을 잘해서 팀장에게 인정받는 사람이었다. 어쨌든 엄연히 직급 상으로 내가 선

배인데 후배한테 밀리는 것이 자존심이 상했다. 게다가 그 부장이 평소에도 여직원을 신임하지 않고 기회를 잘 주지 않는 것으로 유명한데 이번에는 내가 희생양이 된 것 같아 억울하기도 했다.

내가 화가 났던 건 출장자 3명이 모두 남자였다면? 그 중 한 명이 나처럼 이번 출장이 처음이었다면? 그래도 경험이 없다고 직급을 무시한 채 대리를 제외하고 사원을 가라고 했을지 의문이다.

예전에도 비슷한 경우가 있었다. 직급별로 과장 대리 사원 각 1명씩 총 3명의 출장자를 선정했는데 과장과 사원은 해외 전시 출장 경험이 여러 번 있었고 대리는 첫 출장이었다. 동일하게 지원팀에서 2명만 가능하다는 연락을 받았고 부장은 모든 사람이 역량을 키워야 한다며, 경험 여부와 상관없이 과장과 대리를 보냈다. 결국 평소 그의 언행을 보면 역량이니 경험이니 그건 핑계에 불과하고 남자는 믿고 보내고 여자는 마지막 순간에 탈락시키는 것이었고 내가 이번에 당한 것이었다.

내가 회의실을 나오자마자 바통 터치하듯 후배 사원이 회의실 안으로 들어갔다. 그 모습을 보니 더욱 화가 나고 억울한 감정이 격앙되어 눈물이 나올 것 같았다. 사람들 앞에서 울까봐 화장실에 가서 눈물을 쏟고 진정을 시키고 나왔다. 그리고는 최대한 티 내지 않으려고 노력하면서 후배 사원에게 업무를 인수인계했다.

출장 건이 지나가고 몇 달 후, 다른 경로를 통해 부장이 "김 대리는 다른 여직원처럼 결혼하면 그만둘 거니까 굳이 기회를 주지 않으려고 한다."라고 말한 것을 전해 듣게 되었다. 그날 이후로 나의 목표는 부장보다 하루 더 오래 회사 다니기, 언젠가 회사를 그만두더라도 부장이 그만두는 것을 보고 그 다음날 퇴사하는 것을 목표로 잡았다. 그리고 실제로 부장이 퇴사하는 과정을 지켜보았고, 나는 아직 회사를 다니고 있다.

그렇다. 아직은 사회의 인식이, 내 상사의 인식이 그런 것이다. 특히나 대리 직급이면 사회생활, 조직 생활에 적응하여 이제 일 좀 제대로 할 만한 시기이기도 하지만 그때가 대개 20대 후반~30대 초중반의 나이로 결혼적령기이기도 하다. 그래서 몇 년 누적된 업무 경험보다는 여자라서 곧 그만둘 직원이라는 고정관념이 판단의 척도가 되고, 그것이 남자 후배에 밀리게끔 영향을 주는 것이다. 그래서 사원 시절, 과장 시절보다 유난히 대리 시절이 여직원들에게는 혹독한 남녀차별을 겪게 되는 암흑의 시기라고 할 수 있다.

직장생활을 하면서 암흑기는 누구에게나 올 수 있다. 결국 어떤 상사를 만나느냐에 따라 달려있기 때문이다. 나에게는 대리 시절이 회사 시절 최악의 시기였지만 여자 동료 중에는 동일한 대리 시절에 날개를 달 듯 실력을 발휘하여 과장으로 특진하는 경우도 있고, 애 엄마여도 해외 주재원으로 발령되는 경우도 있다. 암흑을 걷어낼 수 있다면 커리어에 있어 빛의 시대, 르네상스의 시기를 맞이할 수 있다.

02. 취미도 전략적으로

사회생활을 시작하면서 취미생활로 배우기 시작한 것이 2가지가 있는데 하나는 중국어이고 다른 하나는 바로 베이킹이었다. 순전히 개인적인 흥미에 의해서 시작한 것이지만 이 두 취미는 나의 회사생활에 예상치도 못한 영향을 끼쳤다. '난 3년 안에 회사를 나갈 거야!', '고과고 뭐고 다 필요 없어!'라는 생각이 아니라면 취미생활을 할 때도 신중을 기할 필요가 있다.

최고의 취미생활, 제2 외국어

입사 후 처음 배치를 받은 부서는 구미 공업단지에 위치해 있었다. 공단을 처음 겪어봤는데 주거지역과 공장지역이 분리되어 있고, 사업장 밖을 나가면 또 다른 회사의 공장과 식당, 술집, 모텔들이 즐비했다. 구미에서 처음 택시를 탔을 때 딱 봐도 신입사원처럼 보였는지 택시기사가 나에게 한 말이 있었다. "아가씨, 구미에서 많은 게 3개 있는데요. 그게 뭔지 알아 맞혀 볼래요?" 나는 속으로 '여기가 제주도도 아닌데 유명한 게 뭐가 있을까?' 싶었다. 내가 대답이 없자 "여기는요. 술집, 모텔, 산부인과가 많아요, 하하하!"

그동안 너무나 당연하게 생각하고 누려왔던 극장이나 도서관, 서점, 카페, 학원 등 편의시설은 차를 타고 한참 이동하거나 아예 다른 도시로 넘어가야 이용할 수 있었다. 도시 인프라 자체가 그런 상황이었기에 대부분 근린 시설이 사업장 안에 갖추어져 있었는데 특히 외국어 어학당의 수준은 꽤 높았다.

신입사원 시절 퇴근 후, 할 일이 없어서 사내 외국어 어학당의 중국어 수업을 듣기 시작했다. 사실 어떤 목적이나 목표가 있었던 것은 아닌데 무료함을 달래기 위해 시작한 중국어가 나름 삶의 활력이 되었다. 수업을 통해 만나게 되는 다양한 부서 사람들 그리고 조선족 출신 선생님께 듣는 중국 이야기는 사무실과 회사 기숙사만 오가는 건조한 일상에 단비 같았다.

그렇게 주 5일 수업을 빠지지 않고 3년째 계속 이어나갔다. 사실 꾸준히 공부하는 것은 누구나 인정하는 바였으나 중국어를 공부한다고 내세우기에는 그 결과가 너무 초라했다.

HSK, FLEX, BCT 등 중국어능력시험을 몇 번 응시해봤는데

990점 만점에 최고 점수가 197점. 등급조차 나오지 않는 점수였던 것이다. 사실 지문조차 제대로 듣질 못하니 문제를 제대로 풀리 만무했다. 시험을 칠 때마다 좌절했지만 중화권 영화를 볼 때 한 마디씩 들리는 중국어로 위안을 삼곤 했다.

그 당시 내가 속한 부서는 업무적으로도 중국 출장을 가거나 중국어를 사용할 일이 전혀 없는 한국 개발팀이었다. 그런데 갑자기 중국 개발팀이 생기게 되면서 각 파트별로 1명씩 할당이 떨어졌다. 지원자가 있으면 무조건 그 사람을 중국 개발팀으로 보내고 지원자가 없으면 파트장이 누구든 1명을 지목해서 보내야 하는 상황이었다. 그런 공지를 받게 되자 전 팀이 술렁였다. 대부분의 사람들이 쉬는 시간, 점심시간마다 삼삼오오 모여 과연 누가 지원을 하고, 누가 강제 발령이 될 것인지, 현재 팀에 남는 것이 좋은지 새로운 팀으로 가는 것이 좋은지 이야기를 나누었다. 그리고 파트장들도 지원자가 있으면 안도하는 반면 지원자가 없는 파트의 경우 누구를 선발해야 하는지 고민하는 눈치였다. 나도 팀을 이동하는 것에 대해 잠깐 생각을 해보았지만 이내 접었다. 입사 후 처음 부서배치 면담할 때도 한국 개발팀으로 지원을 했던 것은 해외는 여행으로 나가면 되지 굳이 출장으로 갈 필요는 없다고 생각했기 때문이었다.

게다가 그 당시는 한 번 해외 출장을 가게 되면 3개월은 기본, 6~7개월씩 해외에 체류할 시절이라 결혼한 선배들 중에는 장기 출장으로 부부싸움 하는 경우도 많았던 시절이었다. 그래서 나와 관련 없는 일이라며 진지하게 생각을 하지 않고 있었는데 어느 날 파트장이 나를 불렀다. 우리 부서에서 중국 개발팀으로 이동할 지원자가 아무도 없는데다가 새로 부임하게 될 중국 개발팀의 파트장이 나를 지목했다는 것이다. 3년 동안 꾸준히 중국어 공부를 한 것이 나도 모르게 소문이 났고 3년차의 개발경력과 3년 공부한 중국어 실력이면 최적의 후보자라는 것이다.

내가 아무리 중국어는 그저 취미로 공부한 것이지 업무로 할 생각은 없다, 중국어 실력도 어디 내세우기 힘들 정도로 공인된 점수도 없다고 이야기를 했지만 인사 발령은 이미 난 상태라고 했다. 어머니가 지난해 뇌출혈로 쓰러지셨고, 장기 입원 중이라 내가 자주 찾아봬야 한다고 말했다. 그렇게 사정을 말하면 번복이 될 줄 알았지만 부모가 내 인생 대신 살아주지는 않는다며 기회가 왔을 때 잡아야 한다고 했다. 그 발령에 불복하면 어떻게 되느냐고 물었을 때는 퇴사밖에 없다고 했다. 다른 대안이 없었기에 중국 개발팀으로 갈 수 밖에 없었다.

원치 않았던 발령이었기에 내가 마치 지금 팀에서 쓸모가 없어 퇴출되는 것인가 하는 우울한 생각도 들었지만 어쨌든 새로운 팀에서는 준비된 실력자(?)로 환대를 받았다. 그리고 아이러니한 것은 베트남, 인도, 이스라엘, 모로코까지 세계 곳곳을 출장 다닐 동안 중국은 단 한 번도 출장을 가지 않았다. 중화권 국가는 대만 출장 3일이 전부였다.

그렇다. 부서명은 중국 개발팀이었지만 팀에서 담당했던 국가는 중국이 메인이고 그 외 관할 국가는 유럽, 미국, 중남미를 제외한 전 세계였던 것이다. 고로 나는 중국 개발팀으로 가서 메인 과제 외 파생 과제를 개발했던 것이다.

어쨌든 난 의도하지 않았으나 3년 동안 지속했던 취미생활은 새로운 파트장에게 긍정적인 이미지로 보여주게 되었다. 중국어를 사용한 적은 한 번도 없지만 "희영 씨는 중국어를 잘하니까 우리 부서에 스카우트 된 거야"라는 인식이 몇 년 동안 나를 따라다녔다. 기왕 시간과 돈을 쓰는 일이라면, 그것이 회사생활에도 도움이 된다면 그보다 좋은 일이 있겠는가.

최악의 취미생활, 베이킹

4년을 구미에서 근무 후 대리가 되던 첫 해에 수원으로 발령이 났다. 같은 회사라도 지역을 옮기고 업무도 개발에서 기획으로 바꾸니 완전히 새로운 회사에 경력으로 입사한 것과 비슷했

다. 회사의 파란 마크만 보아도 흥분과 설렘으로 심장이 두근거
릴 정도였다.

그리고 나의 일상생활도 하루하루가 흥분이 되었는데 기숙사
생활을 청산하고 드디어 나만의 보금자리를 마련했기 때문이었
다. 솔직히 20대 중후반의 나이에 4인 1실의 기숙사 생활이 재미
있겠는가. 회사 기숙사는 주로 18~21세 라인에서 일하는 어린 여
직원들이 많이 사용해서 기숙사 규정은 마치 고등학교 기숙사처
럼 빡빡했다. 10시까지 기숙사에 복귀하지 않으면 사감한테 미리
연락을 해야 했고 사전 연락 없이 늦으면 외박으로 처리되어 면담
하고 사유서까지 써야했다. 비록 그 사유가 부서 회식이나 야근일
지라도 무단 외박과 동일하게 취급되었다.

어째든 기숙사를 떠나 드디어 나의 집을 꾸미니 좋을 수밖에.
예쁜 찻잔과 무릎 담요를 사면서 예전부터 배우고 싶었던 베이킹
을 본격적으로 시작했다. 미니 오븐을 사고 방산시장에서 조리 도
구를 사는 것도 삶의 낙이 되었다. 요리책에 나오는 대로 쿠키와
빵이 구워져 나왔을 때의 그 보람은 이루 말할 수 없었다. 그렇게
소소한 즐거움으로 새로운 부서 적응에 대한 스트레스를 이겨나
갔다.

매일매일 빵과 쿠키를 구워대니 냉장고가 꽉 차서 더 이상 음
식을 보관할 공간이 없게 되었다. 내가 먹는 것도 한계가 있다 보

니 회사 사람들에게 나눠주기 시작했다. 아침에 출근하면 동료 자리에 쿠키를 올려놓는 것으로 하루를 시작했다. 부장이 유난히 힘들게 한 날은 거의 밤새도록 베이킹에 매진했고, 다음날 보란 듯이 부장 책상 위에 쿠키를 올려놓았다. 그런 나를 보고 동료들이 쿠키 반죽에 설사약을 섞어라, 줄 때 그냥 주지 말고 침을 뱉고 주라는 둥 농담을 했다.

나의 베이킹 실력은 나날이 향상되어 어느 순간 이정도면 돈 받고 팔아도 되겠다, 진로를 바꿀 생각은 없느냐 등 좋은 말을 듣기 시작했다. 그때까지 모은 돈과 예상 퇴직금을 합쳐서 5,000만 원이 되자 프랑스 요리학교인 르꼬르동블루로 유학을 갈까 진지하게 고민을 하기도 했다. 사회에서 만난 여러 선배들과 면담 끝에 아직은 때가 아니라는 생각이 들어서 좀 더 회사를 다니자고 결심을 굳혔다.

나는 베이킹은 취미일 뿐 회사를 다니는 것으로 마음을 잡았는데 정작 주변에서는 그렇게 생각하지 않았다. 30대 여자 대리라는 나이, 성별, 직급과 업무와 관계없는 취미 생활 매진, 이 사실을 기반으로 동료와 후배까지도 나를 곧 회사를 그만 둘 사람으로 인식하고 있었다. 부장한테 남녀차별을 당했지만 그 고정관념의 기반에는 내가 만든 이미지도 있었던 것이다.

그즈음 대리 3년차 교육을 받게 되었는데 교육을 담당했던 분은 여자 강사님으로 컨설팅 회사 대표였다. 강의 내용 중 경쟁력 관련 부분이 있었는데 회사 내 여직원 사례를 이야기해주셨다. 그 여직원은 취미가 베이킹이라 회사에 종종 직접 구운 쿠키와 빵을 가져와서 나눠준다고 했다. 나와 완전히 똑같은 사례였던 것이다! 빵이랑 쿠키 주는 건 고마운데 그건 잠깐이고, 그 직원이 업무적으로 실수를 하거나 뭔가 미흡하게 보이면 '아, 빵 구울 시간에 차라리 영어 공부나 프레젠테이션 스킬 같은 것을 배우지……' 이런 생각이 든다는 것이다.

민망할까봐 콕 찍어서 말로 하기도 힘들고 책상 위에 올려진 쿠키를 볼 때마다 말을 할까 말까 목구멍까지 찰랑찰랑하는 것을 겨우 억누른다는 것이다. 그러면서 덧붙인 말이 그런 취미 생활은 굳이 회사 사람들에게 티내지 말라고 했다. 빵과 쿠키는 버리던지 버리기 아까우면 푸드 뱅크에 기증하라는 말도 덧붙였다.

요즘 아무리 워라밸*이 일반화되어 있다 하더라도 나의 상사는 고루한 사람, 가부장적인 사고방식에 찌든 사람일 가능성이 많다. 요리 배운다고 하면 시집갈 준비하느냐, 신부수업중이냐, 결혼하면 회사 그만둘 거지? 라는 등 꼰대 멘트를 남기는 사람은 여전히 존재한다. 그런 상사를 만날 가능성이 훨씬 높으며 그 사람 아래에 일하는

* 워라밸 : '일과 삶의 균형'이라는 의미인 'Work-life balance'의 준말

한 나의 취미 생활은 나의 조직 생활을 갉아먹을 뿐이다. 회사 생활과 개인 생활은 분리할 필요가 있으며, 취미생활도 전략적으로 할 필요가 있다.

요리, 여행, 블로그, 유튜브 채널 운영 등 현업과 관계없어 보이는 취미생활은 굳이 회사 사람들, 특히 상사에게 알릴 필요가 없다. 취미생활을 하더라도 나를 프로페셔널하게 보이는 취미, 뭔가 자기개발을 열심히 한다는 이미지를 풍길 수 있는 그런 취미를 가지는 것이 좋다.

03. 운전도 일머리다

直장생활을 하다보면 잡기가 일머리로 연결되는 경우가 많은
데 그 중 하나가 운전이다. 운전을 할 수 있으면 이동 거리와 시간
의 제약이 줄어들어 업무 효율을 높일 수 있다.

사실 직장이 대중교통이 편한 대도시에 위치하고, 외근과 출장
이 없고, 지방 중소도시에 지사가 없다면 운전이 필요 없을 수도
있다. 하지만 위 사항을 모두 교집합으로 만족하는 회사가 과연
많을까? 결국 일을 함에 있어서 매일은 아니더라도 운전이 필요
한 경우는 종종 생기게 마련이다.

운전면허는 있으나 차도 없고 운전경력이 전무해서 7년째 장롱
면허인 상태였던 대리 1년차, 처음으로 미국 출장을 갔을 때 있었
던 일이다. 미국의 1위 이동통신사업자 버라이즌 커뮤니케이션스
와 미팅이 있었는데 우리 회사에서는 기획팀, 개발팀, 디자인팀 각
부서에서 한두 명씩 참석하기로 되어 있어서 기획팀에서는 내가

대표로 가게 되었다.

예전에 해외 출장 경험이 여러 번 있었지만 내가 직접 운전을 한 적은 한 번도 없었다. 독일 출장을 갔을 때는 법인에서 미니밴을 렌트하여 출장자들이 함께 움직였다. 이스라엘 출장에서도 비용 절감차원에서 렌터카는 4인에 1대 꼴로 이용했고 4명을 맞추기 위해 다른 부서 사람들과도 카풀을 하는 분위기였다. 인도, 베트남 출장에서는 출장자의 운전이 금지되어 택시를 이용했다.

하지만 미국 출장은 상황이 달랐다. 다들 개별적으로 공항에서부터 렌터카를 이용하는 분위기였는데, 나는 그 사실을 미국에 도착하고 나서야 알게 된 것이다. 운전이 미숙하니 뒤늦게라도 렌터카 신청은 할 수 없었고 출장 기간 3박4일 동안 매번 장소를 이동할 때마다 비굴하게 다른 사람에게 태워 달라고 부탁할 수밖에 없었다.

호텔에서 법인 이동은 어렵지 않았는데 하루 일정이 끝나고 저녁 식사 이후가 문제였다. 식사를 끝낸 후 누구는 지인과 약속이 있어 어디로 간다고 하고, 누구는 호텔에 가서 쉰다고 하면서 행선지가 다 달랐기 때문이다.

나는 보고서를 써야 해서 법인으로 가야 했는데 다행히 다른 부서 사람이 같이 가자고 해서 저녁에 법인으로 이동했다. 문제는 그 사람이 호텔로 갈 때 나에게 연락을 주기로 했는데 깜빡 잊고 혼자 돌아간 것이다. 난 언제 연락이 오나 이제나 저제나 기다리고 있는데 밤 10시가 되어도 연락이 없어 전화를 해봤더니 자기는 이미 호텔에 도착해서 쉬고 있다며 미안하지만 나를 데리러 올 수 없다고 했다.

그때부터 미국 콜택시를 찾아서 연락을 하는데 법인이 뉴저지 외곽에 있다 보니 밤 10시 넘어 잡히는 택시가 없었다. 혹시나 해서 건물 밖으로 나가봤더니 주변에 불빛이 하나도 없이 칠흑같이 어두웠다. 한국에서는 상상하기 힘든 빛이 없는 곳. 아~ 이것이 미국 스케일이구나…….

'다음날 아침까지 여기서 기다려야 하는 걸까?'라는 생각이 들었다. 우버(Uber)도 없던 시절이라 운전 못해서 이렇게 서러울 수도 있구나, 출장 와서 해외 미아 되는 구나 마냥 우울해하고 있었다. 밤 12시쯤 되었을까, 현지인 건물 관리인이 소등 점검하다가 나를 발견하고 이 건물에 나만 있다며 한국에서 출장 온 거냐고 물어보는데 왈칵 눈물이 나올 뻔 했다. 그 친절한 아저씨 덕분에 무사히 호텔로 돌아갈 수 있었다.

물론 누군지 어떻게 알고 따라가야 하나 싶어서 약간 무섭기도 했지만 너무 지쳐서 얼른 호텔로 들어가고 싶은 맘이 더 컸다. 새벽 1시 넘어서 침대에 누웠는데 그날은 피곤했지만 서러움과 고

마음, 스스로에 대한 한심함 때문에 잠을 이룰 수가 없었다.

동료들을 보니 운전이 가능한 사람은 업무가 끝난 이후나 주말에는 아울렛도 가고 미슐랭 가이드에 선정된 현지 맛집도 가보고 하던데 뚜벅이인 나에겐 완전 다른 세상 이야기였다. 지금은 국가별로 우버, 얀덱스(Yandex), 그랩(Grab) 등등 다양한 택시 앱이 있어서 다행이지만······.

지금 일하는 부서는 수원에 있으며, 가까운 관계사가 용인, 기흥, 화성에 위치하고 있다. 일 년에 몇 차례 관계사 미팅이 있어서 기흥을 방문하는데 물리적 거리는 멀지 않지만 심리적 거리는 머나먼 곳이다. 차로 이동하면 15분~20분 정도 밖에 걸리지 않는데 대중교통이 거의 전무하기 때문이다. 지하철은 없고 버스를 몇 번 갈아타야 하는데 그 버스 배차 간격이 거의 한 시간이라 차라리 강남으로 가서 이동하는 게 더 쉬울 정도이다. 운전을 하지 않을 때는 주로 콜택시를 이용하거나 회의에 같이 참석하는 사람 차에 합승해서 이동을 하곤 했다.

나이가 어리고 직급이 낮을 땐 "저 좀 태워주시면 안 될까요?"라고 말 꺼내기도 전에 다들 먼저 어떻게 이동하느냐고 같이 가자고 제안이 들어왔지만 엉덩이가 무거워지는 직급이 되자 알아서 움직여야 하는 분위기로 바뀌었다. 나 역시도 부탁하기가 겸연쩍

어진다고나 할까.

작년 11월의 어느 날, 아침 8시에 기흥에서 미팅이 예정되어 있었다. VIP 대상으로 선행 과제 보고 및 시연하는 자리였고 나는 과제 담당자로서 미리 도착하여 회의실 세팅 및 데모준비가 필요했다. 데모 준비라는 것이 캐비닛에 넣어둔 휴대폰과 시료를 꺼내 전원버튼을 켜고 프로그램이 제대로 동작하는지 확인하는 것이기 때문에 준비 시간은 10분이면 충분했다. 집에서 6시 30분에 나서면 도착해서 세팅을 마치고 커피 한 잔까지 마실 수 있는 여유가 있을 것 같았다. 평소대로 콜택시를 부르면 되겠거니 생각했는데 아뿔싸 택시가 잡히지 않는 것이다. 카카오 택시부터 수원 콜택시 모두 응답이 없었다. 출근 시간에는 수원시에서 용인시로 이동하는 것을 운전기사가 꺼려한다는 것을 뒤늦게 알게 되었지만 이미 40분 동안 길거리에서 헤맨 후였다. 점점 불안해지기 시작해서 일단 버스를 타고 주변에서 내려 갈아타야겠다고 마음을 먹고 나섰는데 마음이 급하니 또 버스를 잘못 탔는지 차창 밖으로 보이는 풍경은 논밭과 비닐하우스였다. 그런데 때맞춰 팀장님 전화가 오는 것이다. 으아! 그때 심정은 정말 울고 싶었다.

다행히 나 말고 먼저 도착한 사람이 있어서 회의실 세팅을 해주었고, 나는 그 버스에서 내려 몇 정거장을 걸어서 다른 버스로 갈아타고 약속된 장소에 겨우 도착했다. 팀장 및 임원보다 5분 빨리 도착하여 다행히 지각은 면했지만 어쩌나 가슴 졸였던지 진짜 수명이 몇 년 줄어든 것 같았다. 20분이면 도착할 거리를 1시간 25분이 걸린 셈이었다.

그때 나는 운전을 할 수 있었지만, 그날따라 신랑 역시도 차를 쓴다고 해서 양보했던 것이다. 그 사건 이후 바로 차를 한 대 더 뽑아 버렸다. 역시 직장인이 되면 1인 1차여야 하나 보다. 서울이 아닌 경기도 또는 더 아래 지역에 사는 맞벌이 부부는 대개 차 두 대를 보유하는 것이 이해가 되었다. 차는 사치가 아닌 일할 때 필요한 필수품이다.

일련의 사건들을 겪은 후 반드시 갖추어야 할 일머리 중 하나로 운전을 꼽는다. 운전을 할 줄 알면 외근과 출장에서의 제약이 없어지고 시간을 효율적으로 사용할 수 있다. 운전은 반드시 배우자.

04. 그만둘 때까지 그만두지 마라

나의 직장생활을 돌이켜보면 또 주변의 동료를 살펴보면 일하는데 있어 남녀의 능력 차이는 크지 않은 것 같다. 입사를 한 이상 회사에서 요구하는 기본 역량은 갖추고 있고 그 차이는 대동소이하기 때문이다. 흔히 여자는 섬세하고 꼼꼼하다고 하지만 남자가 70% 이상인 조직에서 일 해본 경험에 비추면 그건 남녀차이라기보다 개인 성향 차이가 더 크다고 생각한다. 능력도 아니고 성향도 아니고 그럼 남녀 직장인의 가장 큰 차이점은 무엇일까? 바로 조직에 대한 충성심이라고 생각한다.

모든 사람이 그런 건 아니지만 남자들은 상대적으로 회사를 오래 다닐 생각을 하고, 여자들은 회사를 그만둘 생각을 더 자주, 더 많이 한다. 그리고 마음속에 그런 생각을 품다보면 무의식적으로 평소 생각이 입 밖으로 나오게 된다.

그렇게 굳어진 고정관념으로 인해 열심히 일하는 여성들도 종종 불이익을 받는다. 특히나 임신, 출산이 임박한 경우 퇴사의 압박을 받거나 퇴사를 종용하지 않더라도 하위고과를 받는 경우가 많다. 그동안의 실적이나 성과에 관계없이 이 시기에 피해를 받는 것은 애 낳고 나서 회사를 그만둘 것이라는 잘못된 생각 때문이다.

조직은 곧 그만둘 사람을 챙기지는 않는다. 오히려 능력이 좀 부족하더라도 충성심이 충만한 (한마디로 조직에 청춘을 바치고 뼈를 묻을) 사람을 선호하고 그 사람에게 기회를 주고 키워준다.

임원회의 중 일화가 하나 있다. 우리 회사는 본사가 수원이고 구미에 공장이 위치하고 있는데, 제품 출시가 임박하면 생산라인에서 발생한 문제를 해결하러 구미 출장을 가는 일이 많았다. 수원에서 구미로 이동하는 데는 헬기를 타는 경우를 제외하고는 기차나 버스를 타면 보통 3시간이 소요되는데, 김 전무는 라인에 문제가 발생해서 현장 점검이 필요하다는 연락을 받으면 2시간 만에 구미에 도착하는 것으로 유명하다.

김 전무는 잠시도 쉬지 않고 시속 100km로, 빠를 때는 150km 이상 달린 셈이다. 그 사실을 사장이 알게 되었고 임원회의 때 그를 일으켜 세워 한 마디 했다고 한다.

"김 전무, 또 2시간 만에 구미에 갔다며? 그렇게 목숨 걸고 달리지 마. 사고 나면 한순간이야."

겉으로는 질책했으나 사실은 그의 노고를 인정하고 칭찬을 한 것이다.

물론 기업 문화나 분위기가 바뀌고 있고 4차 산업혁명이 도래하면서 농업적 근면성은 과거만큼 그 가치가 높지 않은 것이 사실이다. 하지만 당신이 프리랜서가 아니고 외국계 기업에 다니지 않는 이상, 이 충성심은 여전히 사람의 마음을 움직이고 조직 내에서는 유효하게 작용한다.

당신이 기존 선배들처럼 조직에 목숨 바쳐 충성할 필요는 없다. 하지만 농담이라도 곧 회사를 그만둔다는 이야기는 하지 말아야 한다. 퇴사는 정말 나가는 그날까지 비밀로 지켜야 할 사항이다. 당신이 사장이라도 똑같은 마음일 것이다.

"언제까지 일할 수 있을지…… 사실 잘 모르겠어요."

"일이…… 제 적성이랑 잘 안 맞는 것 같아요."

이렇게 말하는 사람과 "저는 회사에서 성장하고 싶어요. 기회가 된다면 회사에서 보내주는 MBA도 가고 싶어요." 라고 말하는 사람 중 누구와 더 함께 일하고 싶겠는가. 대다수가 후자를 선택할 것이다. 비록 믿었던 도끼에 발등 찍히고 뒤통수를 맞더라도 말이다.

나 역시도 대리 시절은 정말 가슴에 사직서를 품고 다녔다. 그러다 보니 "일이 적성에 안 맞다", "내게 맞는 일은 따로 있는 것 같다", "난 자유롭게 살고 싶어", "언제 때려치우지?", "이런 일 말 고 뭐 좀 재미있는 일 없을까?" 그런 말을 종종 내뱉곤 했다. 마침 부서 내에 또래 여자 대리 A가 있었는데, A와 나는 쿵짝이 잘 맞 아서 그런 이야기를 자주 나누었다.

문제는 나는 생계형 직장인이었고, A는 레저형(leisure型) 직장 인이었다는 것. 난 늘 입으로는 퇴사를 부르짖었지만, 그건 꿈에 서나 가능한 일이었고 실질적으로 가장이었던 나는 퇴사를 쉽게 실천에 옮길 수 있는 상황이 아니었다. 그저 습관처럼 퇴사 노래 를 부르며 스트레스를 풀고 있었다.

하지만 A는 여유로운 집안의 자제로 월급을 모두 개인의 여가 생활에 다 써도 되는 상황이라는 것. 실제로 A는 대리 때 미국 교 포를 만나 결혼 후 미국으로 떠났다. 자기가 습관처럼 하던 말을 정말 실천한 것이다.

나는? 보시다시피 지금까지 18년째 회사를 다니고 있다. 지나 고 나니 나의 어리석음이 뒤늦게 후회되었다. 그때 누가 듣든지 말든지 퇴사를 자주 언급하고 곧 회사를 떠날 것처럼 보였기에 내 가 받았던 불이익이 이제야 보이는 것이다.

내가 받은 불이익은 교육, 출장 기회의 박탈 정도의 간접적인 불이익이었지만, 어설픈 준비로 직접적인 불이익을 받은 사례도 있다. 지금 다니는 회사에서 비전이 없다고 생각한 황 대리. 그는 평소 다른 회사에 다니는 지인들을 만나보며 이직의 기회를 엿보고 있었다. 그러던 중 경쟁사에서 경력 직원 채용 공고를 보았고 지인 추천을 통해 서류심사를 통과하고 면접을 앞두고 있는 상황이었다. 황 대리는 이제 이직이 확실시 되었다 생각하고 지금 다니는 회사의 인사팀에 혹시 희망퇴직금을 받을 수 있는지 문의하였다. 그리고 동료들에게도 곧 회사를 옮길 것 같다며 이야기를 했다. 황 대리는 모르고 있었지만 그가 사내에서 컴퓨터로 접속하는 사이트와 인사팀과의 면담은 모니터링 되고 있었고, 사내에서 면접 일정 안내 메일을 체크하는 순간 팀장에게 바로 통보되었다. 결과적으로 그는 면접에서 떨어져서 이직에도 실패하고, 윗선에도 찍혀서 곤란한 상황이 되었다. 그의 행동은 본인이 조회할 수 없는 인사기록카드에 한 줄 기록되어 퇴사할 때까지 따라다니게 된다. 퇴사보다 더 민감한 이직일수록 마지막까지 기밀을 유지해야 하는데 안타깝지만 황 대리는 스스로 무덤을 판 것이다. 농담으로라도 그만두지 마라. 정말로 그만둘 때까지 그만두는 것은 신중에 신중을 기해야 한다.

05. 진리의 케바케 : 정책보다 상사 스타일이 우선

최근 회사에서 새로운 복리후생 정책을 발표했다. 그 중에서 가장 눈에 띄는 항목은 남직원의 배우자가 쌍둥이 출산 시 출산 휴가를 유급 20일로 확대한다는 것이다. 저출산 시대 아빠들의 적극적인 육아 참여를 정책적으로 지원한다면 출산율을 높이는 데 기여할 것임은 자명하다.

하지만 아무리 보건복지부 또는 인사팀이 이런 정책을 내놓는 다고 해도 실제 조직 현장에서 부서장들이 허가를 해주느냐, 또 마음 편하게 휴가를 쓸 수 있는 분위기인가는 좀 다른 이야기인 것 같다.

10여 년 전, 회사에 처음으로 자율 출퇴근제가 도입되었다. 그 전에는 출근이 오전 8시였고, 사원증으로 입문 시간이 분단위로 체크되었기 때문에 단 1분만 늦어도 지각처리가 되었다. 그래서 7

시 55분부터 59분까지 많은 사람들이 늦지 않기 위해 뛰는 러시아워였고, 그렇게 달려오다가 넘어져서 앞니가 깨지는 사람도 있었다. 지각자는 엑셀로 리스트를 뽑아 부서장에게 통보되었기에 늦지 않으려고 애쓰거나 오전 반차를 써야 했다.

그런 분위기에서 새로 도입되는 자율출퇴근제는 파격적이었다. 자율출퇴근제는 오후 1시 이전에 자유롭게 출근을 하고 하루 8시간을 근무하면 근태가 인정되는 제도였다. 그 전에는 8시 출근이라 생각조차 하기 힘들었던 아이 어린이집 등원이며, 아침 운동, 어학원 등 자기개발을 하고 출근을 할 수 있었던 것이다. 많은 사람들이 획일적인 출근 시간을 벗어나 아침 시간을 활용할 수 있고, 빡빡한 출근 시간의 족쇄에서 벗어날 수 있다는 것에 기대가 컸다. 이 제도를 전사로 확대 적용하기 전에 몇몇 시범 부서에서 파일럿 테스트를 해보기로 했는데 마침 내가 속한 부서가 시범부서로 선정되었다.

나는 자율출퇴근제 시범부서로 선정되자마자 바로 아침에 수영 수업을 등록했다. 아침 첫 수업이 7시였기에 수영을 끝내고 8시 20분까지 출근할 수 있었다. 게다가 주 5일 수업도 아니고 월수금 3일이었기에 '그래, 이만하면 출근 시간에 너무 늦지 않게 운동 할 수 있고 정말 좋다'라고 만족하고 있었다.

그 당시 부서장은 대리 시절 내내 남녀차별하고 나를 힘들게 했던 안 부장이었다. 안 부장은 인사팀이 우리 부서를 자율출퇴근제 시범 부서로 지정한 것에 대해 불만이 많았다. 그래서 부서 사람들을 모아놓고 제도에 대해 설명을 하면서도 꼭 이런 제도를 악용하는 사람이 있더라, 이 제도는 아침에 몸이 아파서 병원에 가는 등 부득이한 사정이 있을 때 쓰는 것이지 개인 마음대로 사용해서는 안 되는 것이라는 개인의 해석을 덧붙였다. 그리고 본인은 예전처럼 7시 30분에 출근을 했고 8시에는 아침 조례를 격일로 계속 진행했다.

나는 많은 사람들이 쉬는 시간, 점심시간마다 자율출퇴근제도에 대해 말을 하고 이제는 천천히 나오겠다고 말을 해서 대부분의 사람들이 여유롭게 출근하는 줄 알았다. 하지만 제도를 시행하자마자 늦게 오는 사람은 나 밖에 없었다. 안 부장은 제도 시행 후에도 여전히 아침 조례를 진행하면서 암묵적으로 출석 체크를 했고 나만 번번이 빠지자 내가 없는 자리에서 "김 대리는 요즘 뭐 하기에 아침에 꼭 빠질까?"라며 한 마디씩 했다. (결코 나한테 직접 이야기한 적은 없었다!) 그렇게 몇 주를 보내고 나서 동료 직원이 귀띔해 주어서 알게 되었다. 나 혼자 아침 조례에 늘 빠진다는 것, 그리고 그때마다 안부장이 나를 들먹인다는 것을. 그 말을 전해들은 이후 나는 수영 수업은 그만두었다. 주 3일 겨우 20분 늦게 오는 걸로 미운털 박힐 바에야 운동을 포기하는 게 나았기 때문이다. 사실 옆 부서도 자율출퇴근제 시범부서였는데 그 부서는 부서장이 모범을 보여 10시쯤 출근을 하고 오전 9시 이전에는 회의를 소집하지 않았다. 그렇기에 그 부서 사람들도 자유롭게 제도를 활용할 수 있었다.

그렇다. 나는 안 부장 밑에서 20분 늦게 오는 걸로 개념 없는 대리로 찍혔지만 바로 옆 부서에서는 아무런 문제가 되지 않는 행동이었던 것이다. 이것이야말로 진리의 케바케!(Case by Case) 회사 정책이 어떻게 바뀌던 나의 바로 직속상사가 어떤 스타일이냐에 따라 제도를 쓸 수 있느냐 없느냐 결정된다.

그리고 그 다음해 5월이 되었을 때 인사팀에서 여름휴가에 대한 공문이 내려왔다. 여름휴가는 통상 7월 마지막 주에서 8월 첫 주 사이에 최대 1주일 정도 쉬는 것이 불문율이었는데, 이제 시즌에 관계없이 2주씩 사용하도록 권고한다는 것이다. 역시나 안 부장이 회의 시간에 팀원들에게 공식적으로 공지를 했다.

매년 여름마다 해외여행을 갔던 나에게 2주의 휴가는 무척 매력적이었다. 그저 아시아권 여행에서 머물렀던 것을 유럽, 미국, 중남미 등으로 확대할 수 있었고, 성수기를 피해 저렴한 가격으로 여행이 가능했기 때문이다.

휴가를 생각하면 마음이 설레다가도 이미 자율출퇴근제 시범 사례에서 안 부장의 (앞에서는 아무 말 안하고 뒤에서 험담하는) 성향을 파악했기에 구체적인 계획을 짜지 않고 일단 상황을 지켜보기로 했다. 그리고 막내 사원이 첫 번째 주자로 6월에 2주 동안 서유럽으로 여행을 떠날 계획을 세우고 비행기와 호텔 예약을 끝낸 후 휴가 결재를 올렸다.

아니나 다를까 안 부장은 막내 사원을 불러서 "아니, 눈치 없이 2주 휴가 쓰란다고 진짜 2주를 쓰냐. 내 말의 의미를 그렇게 모르느냐!"고 질책하면서 여행 계획을 변경하라고 했다.

신입사원은 호텔과 항공료로 이미 300만 원 가량의 비용을 결제했고, 땡처리 상품이라 환불 불가하다고 했더니 그제야 이번 한 번만 봐준다며 인심 쓰듯 말했다. 그러고서는 다른 사람들에게는 딱 1주일만 쉬도록 휴가 계획서를 다시 써내라고 했다. 그래서 그 신입은 아주 불편한 마음으로 여행을 다녀왔고, 나머지 부서 사람들은 인사과 권고 사항도 상황 봐서 써야한다고 다시 깨닫게 되었다.

물론 이 이야기는 10여 년도 더 오래된 이야기로 지금은 자율 출근제와 입사 10주년 시 2주 휴가를 쓰는 것은 완벽하게 정착한 제도가 되었다. 하지만 시간이 지나도 어느 조직이든 안 부장과 같은 사람은 여전히 있을 것이다.

나의 상사가 안 부장 같은 사람이라면 나나 막내 사원이 했던 행동은 무개념에 커뮤니케이션이 잘 안 되는 부하직원으로 찍히기 십상이다. 회사의 정책보다 일단 나의 직속상사가 어떤 성향인지 부서 사람들은 어떤 입장을 취하고 있는지 확인하는 게 먼저이다.

06. 상사와 현명하게 싸우는 방법

지난 직장생활을 돌이켜보면 상사와 싸웠던 적이 두세 번 있는데 그 시기가 대리 중반부터 과장 초년까지였다. 아마 다른 사람들도 비슷하리라 생각한다. 사원일 때는 상사와 싸울 수 있는 사람은 몇 명 없을 것이다. 강아지와 사자의 싸움을 상상하기 어려운 것처럼, 조직 내에서 막내가 선배나 상사에게 대들기란 쉽지 않다. 직급이 높아지면 역시 싸울 일이 없다. 상사의 부당한 지시도 웬만큼 다 이해가 되고 싸워봤자 득 될 것 없다는 것을 알고 있기 때문이다.

대리 중반부터 과장 초년까지, 이제 경력도 어느 정도 쌓였고 제법 혼자 일도 처리할 수 있는 연차이며 두루뭉술하고 불분명한 상사의 지시가 답답하게 느껴지는 시기이다. 부당함을 속으로 삭히기엔 아직은 피가 끓고 심장이 뛰는 젊은 혈기를 가진 시기이기도 하다. 그래서 그 시기 상사와 언쟁하는 경우가 많고 심한 경우는 목소리를 높여 싸우다가 볼펜을 던지고 나가는 경우도 보았다.

하지만 조직 내에서 상사와의 싸움은 이겼다 하더라도 득은 거의 없고 대부분 실이다. 당장 그 순간에 이겼다 하더라도 나보다 많은 권한을 지닌 상사는 어떤 형태로든 보복을 하며, 나의 평판도 덩달아 나빠진다. 상사가 제 아무리 핫바지 같더라도(?) 상사의 권위에 대든 부하직원에 대해 긍정적으로 평가하는 조직은 없다. 영광은 찰나이고 상처는 오래 간다.

고로 가능한 싸우지 않고 해결하는 것이 상책이다. 하지만 도저히 참을 수 없을 때, 가만히 있으니 가마니로 알고, 지렁이도 밟으면 꿈틀한다는 것을 보여줘야 한다고 생각이 들 때 그땐 현명하게 싸울 필요가 있다.

그럼 과연 어떻게 싸우는 것이 현명한 싸움인가? 끝까지 상대를 존대하면서 차분히 나의 메시지를 조목조목 전달하는 것이다. 소설가 공지영과 배우 클라라의 SNS 썰전은 직장생활에서도 적용할 수 있을 것이다.

공지영 작가는 트위터에 "솔직히 여자 연예인들의 경쟁적 노출, 성형 등을 보고 있으면 여자들의 구직난이 바로 떠오른다. 먹고 살 길이 정말 없는 듯하다. 이제는 연예인 뿐 아니라 TV나 매체에 나오는 모든 여성들도 그 경쟁 대열에……."라는 글을 게재한 적이 있다. 이에 대해 클라라는 "뜨끔해서 드리는 말씀이지만……, 제게 관심은 직장인 월급과 같고, 무관심은 퇴직을 의미해요. 월급을 받아야 살 수 있는 것. 하지만 월급이 삶의 목표가 아니듯, 제 목표도 관심이 아니에요. 훌륭한 연기자가 되는 것이에요."라고 응답했다.

이 내용이 보도를 통해 확산되자 공지영은 "별게 다 엮여 기사가 된다."며 "솔직히 전 클라라 이분이 누구신지 모르고……." 트윗을 했다. 그에 대해 클라라는 "저를 모르신다니 인사드릴게요. 저는 봉순 언니땜에 울고, 도가니땜에 같이 열 받았던 공작가님 Subscriber입니다. 이 글땜에 더 피곤해지실 수도 있는데 미리 사과드립니다.", "'세 사람이 있는데 가장 힘센 자가 가장 힘없는 자를 착취하려 할 때 나머지 한 사람이 네가 나를 죽이지 않고서는 이 힘 없는 자를 아프게 하지 못할 것이다라고 말할 때 하늘나라는 이미 이곳에 있다.' 이 말 짱 멋져요!!"라며 연달아 댓글을 달았다. 정면 돌파보다는 공손한 태도로 자신을 소개하고 공지영의 작품을 칭찬하는 것으로 방향을 바꾸었다. 그러자 공지영 역시 이 기회에 클라라 양 알게 되어 기쁘다며 태도가 달라졌음을 알 수 있다.

근래에 지켜본 싸움 중 가장 멋진 썰전이었다. 상사와의 싸움은 어차피 계란으로 바위 치는 격이며, 처음부터 체급이 다르기에 불리할 수밖에 없는 싸움이다. 근거를 제시하며 조목조목 따질 필요도 없고 목에 핏대 올리며 큰 소리 낼 필요도 없다. 상대를 높여줌으로써 유치찬란한 싸움을 한 방에 종결시킨 멋진 한 수였다.

혹시 상사가 감정적으로 나온다면, 말도 안 되는 억지를 부린다면 차라리 정중하게 되물어봐라. "제가 이해를 잘못한 것 같은데 잘 가르쳐주십시오. 앞으로 고치겠습니다." 내가 흔들리지 않아야 상대도 머쓱해져서 그만 둔다.

특히나 다른 사람들이 지켜보고 있는 상황이라면 더욱 그렇다. 상사가 밟는다고 해서 나의 가치와 자존감이 밟히는 건 아니라는 것을 기억하자.

Tip. 회사에서 감정을 다스리는 데 도움이 되는 여러 가지 습관

상사의 부당한 지시나 처리에 감정이 격해질 때, 그 순간 터트리거나 해소하기 어려울 때가 많다. 술을 벗 삼아 상사를 안주 삼아 수다를 떨면 스트레스가 풀리겠지만 저녁이나 주말까지 기다려야 한다. 빠른 시간 내에 울분을 가라앉히고 다시 일에 몰입하려면 나만의 해소 방법이 필요하다. 하던 일을 멈추고, 행동의 변화를 줌으로서 부정적인 감정을 다스릴 수 있다.

물 마시기

컵이나 텀블러를 들고 정수기로 걸어가서 물을 한 컵 마신다. 찬물보다는 미온수가 좋다. 감정의 변화로 긴장하던 몸속 장기들이 따뜻하게 데워지면서 마음도 편안해지는 것을 느낄 수 있을 것이다.

양치하기

식사 후 나른한 오후에 졸음을 깨워주는 강력한 한방이기도 하다. 텁텁했던 입안이 개운해지면서 기분도 상쾌하게 전환될 수 있다.

회사 건물 주변 산책하기

잠시 밖으로 나와 바깥 공기를 마셔 보자. 멀리 가기엔 눈치 보일 수 있으니 회사 건물을 한 바퀴 돌아보는 것이다. 걷는 동안은 발걸음에 집중해도 좋고, 주변을 둘러보거나 사무실에 있느라 보지 못했던 하늘을 바라보며 심호흡을 해보자.

커피 마시기

흡연을 금지하는 회사가 많은 요즘, 최고의 기호식품이자 기분 전환용은 바로 커피가 아닐까 생각된다. 그라인더에 원두 갈리는 소리를 듣고 커피 향만 맡아도 스트레스를 해소할 수 있다. 동료 중에는 직접 원두를 갈고 드립 커피를 내려 마시는 사람이 있다. 원두를 갈고 여과지에 담아 드립 주전자를 회오리 방향으로 돌리는 퍼포먼스 자체가 힐링이 된다고 한다. 과정 하나하나에 집중하면서 스트레스는 저 멀리 보낼 수 있다. 동료에게 커피 나눔으로 인심을 얻을 수 있으니 일석이조이다.

07. 가까운 사람과 잘 지내라

회사생활 하면서 가장 맞추기 힘들었던 상사가 있었다. 그다지 나이가 많지 않음에도 불구하고 권위 의식에 젖어 있던 상사였다. 그가 가진 권위 의식의 수준을 단적으로 보여주는 예가 바로 회의를 잡을 때였다. 회의 시간은 무조건 그가 원하는 시간에, 회의 장소도 무조건 그의 자리와 가까운 회의실로 잡아야 했다.

문제는 상사의 직급이 차장에 불과했다는 것. 회의 참석자가 다른 부서의 부장, 상무, 전무가 포함되어 있음에도 불구하고 차장 일정에 맞춰야 하니 회의를 직접 셋업하는 후배 입장에서는 곤란한 적이 한두 번이 아니었다. 게다가 회의 시간에 5분, 10분씩 지각하는 경우는 다반사였고, 회의 도중 자리를 박차고 나가거나 아예 불참하여 파투를 내는 경우도 종종 발생했다.

그는 회의 도중에도 습관처럼 "아니 그게 아니고……", "개발자라 전후 사정을 잘 몰라서 그런가 본데……" 라며 상대방의 말을 자르고 화제를 바꾸었다. 역시나 상대가 부장이든 전무든 직급을 가리지 않고 말하여 오히려 함께 참석하는 후배 직원이 그 상황을 민망하게 받아들일 정도였다.

그가 깍듯하게 예의를 갖추는 상사는 부사장, 사장뿐이었다. 그 외 나머지 모든 선배, 동료, 후배 등 함께 일하는 사람을 존중하지 않고 무시하며 자기 기분에 따라 말하고 행동했다. 도대체 누구를 믿고 저렇게 설칠까? 싶을 정도로 오만방자하고 안하무인이었다.

사실 그 상사는 권위 의식만 있었지 딱히 어떤 권위가 있었던 것은 아니었다. 고과권이 있는 것도 아니고 휴가나 비용처리를 할 수 있는 결재권도 없었다. 그럼에도 불구하고 그가 그렇게 기세등등하게 행동했던 것은 해외 고객사의 요구사항과 이슈를 모아 사장에게 직접 보고하는 업무를 했기 때문이었다. 대면 보고를 하고 메일 대필을 하는 경우도 많았고, 사장이 출장을 가게 되면 항상

* 수행비서 : 높은 지위의 사람을 따라다니면서 그를 돕거나 신변을 보호하는 비서

수행비서*처럼 함께 했다. 한마디로 그는 호랑이를 등에 업은 여우인 셈이었다.

그가 불참하는 회의의 뒷수습과 함께 회의 하다가 감정이 상한 유관 부서 사람을 찾아가서 설명하고 부탁하는 일은 모두 나의 몫이 되었다. 함께 일하기도 힘들고 내가 상사로 모시기에는 가슴 속에서 분노가 쌓일 정도였기에 도저히 참을 수가 없어 팀장을 찾아가서 개인면담을 요청했다. 이러이러

한 일로 지금 파트장 밑에서는 일하기 힘드니 파트를 바꿔달라고 요청했다.

팀장은 나의 이야기는 잘 들어주었고 지금 당장은 어려우니 잠시만 기다려 달라고 했다. 하지만 몇 개월이 지나는 동안 달라지는 것이 없었다. 팀장이 나에게 한 말은 그저 공치사였구나 싶어 부서를 옮길 다른 방법을 조용히 알아보고 있었다. 그 즈음 조직 개편으로 기존 팀장이 다른 부서로 발령이 나고 새로운 분이 팀장으로 오게 되었다. 새 팀장이 부임한 지 1주일이 채 지나기도 전에 나를 호출하여 내가 원한다면 파트를 옮겨주겠다고 했다. 짐작건대 기존 팀장이 새로운 팀장에게 나의 면담 히스토리를 전달한 것 같았다. 그리고는 내가 파트장과의 사이가 껄끄러우니 본인이 직접 이야기를 하겠다고 했다.

몇 달 동안 지지부진 하던 일이 순식간에 진행되어 뛸 듯이 기뻤다. 내가 옮기고자 하는 파트의 파트장도 이야기가 잘 마무리되었으니 원하는 시기에 언제든지 자리를 옮기면 된다고 했다. 팀장 주관 파트장 회의에서 내가 파트를 옮기는 것에 대해 이야기가 나왔고 조직도도 새롭게 다 그려졌다는 것이다. 이제 파트를 옮기는 것은 다 마무리된 일이고 그야말로 자리 이사만 남았다고 생각했다. 하지만 권위 의식에 젖은 현재의 파트장은 파트 옮기는 것에 대해 한마디도 말이 없었다. 그래서 내가 먼저 물었다. 팀장한테 파트 옮기는 것으로 들었는데 인수인계는 어떻게 하면 되냐고. 그랬더니 말하는 태도가 그게 뭐냐, 사회생활 그렇게 하는 거 아니다, 뒤통수치는 것이다 등등 일장 훈계로 이어졌고 면담은 냉담하게 끝이 났다. 난 속으로 '이제 와서 뭐 어쩌겠어. 나는 이제 곧 옮길 몸인데……'라고 생각하고 가볍게 듣고 넘겼다. 그리고 업무 연관성이 가장 높은 동료들에게 기존 업무를 이관했고 새로운 파트의 업무를 병행하면서 파트를 옮길 준비를 마쳤다. 그리고 주간 업무 시간, 모두 함께 모인 자리에서 함께 일하는 동료들에게 내가 파트를 옮기게 되었다는 소식을 전했다. 내 말이 끝나자마자 그는 "아니, 김 대리. 사회생활 얼마나 했는데 아직도 몰라? 자네가 몰라서 그렇지 결정된 건 하나도 없어. 아직 파트 못 옮겨."라고 말하며 주간업무 회의를 끝냈다.

파트장은 팀장에게 아직 내가 인수인계를 끝내지 못하여 지금 파트에 남아서 일을 좀 더 해야 된다고 하면서 나를 옮기지 못하게 했다. 전후 사정이야 어떻든 파트장의 말 자체만 놓고 보면 논리에 맞는 말이어서 팀장도 더 말을 하지 못했다. 그러고서 파트장은 나에게 일은 시키지 않으면서도 내가 일을 제대로 안한다는 소문을 은근히 흘리고 다녔다. 한마디로 나를 엿 먹이는 것이었는데 내부 사정을 잘 모르는 사람은 파트장 말을 그대로 믿었다!

그때 깨달았다. 그 사람이 아무런 권력이 없어도 나의 고과를 매기거나 휴가를 쓸 때 결재권이 없어도 최소한 내가 다른 파트로 옮기고자 할 때 쉽게 옮기지 못하게 할 만큼의 힘은 있구나! 나에 대해 나쁜 평판은 만들어 낼 수 있구나!

결국 우여곡절 끝에 나는 파트를 옮길 수 있었다. 파티션 한 칸 너머의 자리로 이동하는데 예정보다 한 달이나 더 걸렸다. 부서 이동 시 마지막까지 긴장을 늦추면 안 된다는 것, 그다지 높은 지위가 아니지만 나와 가까이 있는 상사는 생각보다 힘이 있다는 것을 뒤늦게 깨달았다.

사원인 내가 사장과 친해질 수 있을까? 조직이 클수록 그럴 가능성은 희박하다. 결국 내 바로 직속 상사와 잘 지내는 것이 중요하다. 내가 아무리 팀장과 면담을 통해 원하는 바를 얻어냈어도 나의 발목을 잡는 것도, 놓아주는 것도 바로 직속 상사이기 때문이다.

함께 일할 때도 중요하지만 헤어질 때 더 중요한 사람이 바로 직속 상사이다. 가까운 사람과 척지지 말아야 한다.

08. 꿈을 위한 일 vs 생계를 위한 일

학창 시절 나의 꿈은 작가였다. 글을 쓰는 행위는 나에게 가장 큰 카타르시스를 주었기에 글을 쓰면서 돈을 벌 수 있다면 얼마나 멋질까 늘 상상했다. 하지만 아버지는 내가 좋아하는 것을 좇아 국문학을 선택하는 것을 반대하셨다. 작가는 늘 가난하고 배고프다는 그 논리에 설득당한 것이다. 여자도 전문직을 가져야 한다는 주장에 따라 이공계를 선택했고, 수능 점수에 맞춰 컴퓨터 공학을 전공했으며 졸업 당시 한참 성장하는 산업인 모바일 업계에 취업하게 되었다. 남들이 보면 순탄한 길을 걸었다고 생각할 수도 있지만 나는 늘 불만족 상태였다. 나는 내 꿈대로 내가 원하는 대로 선택한 적이 한 번도 없었던 것이다. 넉넉하지 못한 집안에서 둘째로 자라났기에 나는 항상 실패 없는, 재도전도 없는 딱 한 번으로 최선의 선택을 하도록 강요받았다. 직장인이 되자마자 한 집안의 가장이 된 나는 꿈보다는 돈벌이 때문에 현실을 박차고 나가지 못하는 내 자신을 비참하게 느낀 적이 많았다. 이 자리는 내게 어울리지 않는 곳이고, 내 적성과 꿈은 저 멀리 따로 있는데 현실과 도저히 조율할 수 없는 반대편에 있다는 생각이 들었다. 비련의 여주인공이 그러하듯 아버지가 돌아가시면서 남기신 빚, 끝이 보이지 않는 엄마의 병원비 등등 어깨에 가득한 짐을 당장 해결할 수 있는 수단이 현재의 일이었으므로, 마냥 꿈을 좇아 현실을 박차고 나갈 수 없었다. 파우스트가 메피스토펠레스에게 영혼을 팔았던 것처럼 나 역시 월급에 청춘과 영혼을 팔았다고 생각했다.

특히나 내가 사회생활을 시작하던 2000년대 중반은 잘 나가던 직장은 과감하게 '때려치우고', '심장이 두근거리는' 일을 찾아 '지도 밖으로 행군하라'는 사회적 분위기가 있었다. 유명 아나운서가 그런 선택을 했고, 함께 입사했던 동기들도 입사 3년차에 현재 일이 적성에 맞지 않아 수능을 다시 본다며, 대학원에 진학한다며, 유학을 간다며 퇴사를 많이 하기도 했다. 그러기에 꿈이 아닌 생계 때문에 현실에 머물러야 하는 내가 더욱 비참하게 느껴졌다.

현실 때문에 꿈을 버려야 했던 비련의 여주인공 코스프레는 36살부터 슬슬 자취를 감추기 시작했다. 그때 내 일생일대의 꿈이었던 책을 드디어 써낸 것이다. 꿈을 이루었을 때 그 보람과 성취감은 말로 표현할 수 없을 정도이다. 인세가 처음 입금되었을 때의 느낌을 떠올려보면 내겐 너무나 소중하고 값어치 있는 돈이어서 누가 얼마냐고 물어보면 화가 날 정도였다. 감히 나의 소중한 꿈의 결과를 통속적인 돈으로 환산하려 하다니……

하지만 나 역시도 다른 작가가 선인세를 얼마 받았다더라 이런 기사에 눈이 번쩍 떠지는 속물근성이 있음을 고백한다. 매번 신기록을 기록하는 무라카미 하루키의 선인세는 과연 몇 억을 찍을지* 여전히 궁금하다.

* 국내 출판사에서 해변의 카프카에 6억, IQ84의 경우 10억이 넘는 선인세를 줬다고 하는 루머가 있었다.

직장인들이라면 누구나 하는 고민이 아닐까. '재미있는 일, 적성에 맞는 일을 하고 싶다.' 결국 하고 싶은 일을 하고 싶다는 것인데, 아이러니한 것은 대부분 하고 싶은 일은 돈이 안 되는 일이다. 꿈이 밥을 먹여준다면 생계까지 책임져 준다면 더할 나위 없이 행복하겠지만 안타깝게도 꿈과 현실이 완벽하게 일치하는 토털 이클립스는 흔하지 않다. 하루키 역시 한 편의 소설은 누구나 쓸 수 있으나 소설을 오래 지속적으로 써내는 것, 소설가로서 살아남는 것, 이건 지극히 어려운 일이라고 말한 바 있다. 하루키와 같은 세계적인 베스트셀러 작가도 소설가로 먹고 살기 어렵다고 하는데 나 같은 소시민이야 오죽 하겠는가.

비련의 여주인공 코스프레의 종지부를 찍을 수 있었던 것은 단순히 책을 내면서 꿈을 이뤘기 때문이 아니라 내가 만들어내는 콘텐츠 기반이 바로 회사였기 때문이다. 예전에는 스스로 비겁하다고 생각했다. 너는 돈의 노예인거냐, 아니라고 생각하면서 왜 계속 지금 자리에 머무르느냐. 그런 내면의 목소리 때문에 괴로웠다.

이제는 아니다. 매일 출근하는 그곳이 내가 책에 담을 수 있는 생생한 사례를 발굴할 수 있는 곳이라고 생각하자 오히려 즐거워졌다. 나를 먹여 살리며 꿈까지 이룰 수 있으니 얼마나 행복한가.

대한민국 최고의 강사로 손꼽히는 김미경 강사는 먹고살려고 하는 일, 즉 '생계'를 '생명의 꿈'이라고 부른다. 내 생명 먹여 살리는 일, 이것보다 더 중요하고 위대한 일이 어디 있겠느냐는 말에 누가 반대 의견을 말할 수 있을까. 생계에 대한 고민은 또 다른 고수 바둑기사 조훈현의 책에서도 확인할 수 있다.

모든 노동은 신성하다. 내가 바둑으로 노동하듯이 모든 사람들이 각자의 직업으로 노동을 하며 생계를 꾸려나간다. 만약 나처럼 내 직업에 애착과 자부심을 가지고 있다면 더할 나위 없이 좋을 것이다. 하지만 애착과 자부심은 굳이 없어도 된다.

직업 자체가 평생의 꿈일 수도 있고 자아실현의 방법일수도 있지만, 직업의 가장 기본적인 의미는 다름 아닌 생계다. 먹고 살기 위해 누구나 가져야 하는 것이 직업이다. 어떤 직업을 가졌던 그

것만으로 충분히 신성하다.

많은 사람들은 하고 있는 일과 하고 싶은 일이 달라서 힘들다고 말한다. 그런데 이들에게 그럼 하고 싶은 일을 하면 되지 않느냐고 말하면 당장 어떻게 먹고 살지 막막해서 못하겠다고 한다. 이처럼 꿈과 현실 사이에서 마음을 잡지 못하는 사람들에게 나는 이렇게 말해주고 싶다. 더 중요한 건 먹고사는 것이다. 먼저 먹고사는 길부터 뚫어야 한다. 50만 원이든 100만 원이든 먹고살 수 있는 일부터 만든 후, 그 다음에 꿈을 꿔야 한다. 생계가 막히면 꿈이고 뭐고 없다. 치사하고 초라하게 느껴질지 몰라도 그게 현실이다. 우리 어머니 아버지들도 다 그렇게 생계를 위해 초라하고 치사하게 살면서 우리를 키워내셨다.

돈은 강력한 동기부여가 된다. 피나게 노력해서 정상에 올라섰을 때, 그 대가가 보잘 것 없다면 무슨 보람이 있겠는가.

이런 고민은 나 같은 소시민의 전유물이 아니라 우리나라를 넘어 할리우드 스타도 똑같이 한다. 「트와일라잇」의 히어로 로버트 패틴슨 역시 자신의 꿈보다 대중성을 선택할 수밖에 없었던 이유를 알게 된다면 좀 덜 억울하지 않을까.

로버트 패틴슨은 크리스토퍼 놀란의 「테넷」이나 「더 배트맨」

출연을 확정했을 때, 영화 팬들은 인디 영화에 집중하던 그 답지 않은 선택이라 생각했다. 그가 갑자기 상업 영화로 돌아온 이유는 무엇일까? 패틴슨은 지난해 초 자신의 경력이 '벽에 부딪히는' 걸 경험했다. 일이 하나도 없었기 때문이다. 그의 에이전트는 네가 리스트에 없기 때문이라고 설명했다. 즉, 영화계 사람들은 패틴슨이 더 이상 상업 영화를 하지 않는다고 생각했던 것이다. 그때 패틴슨은 자신이 보험처럼 의지할 만한 게 필요함을 깨달았다. 그는 인터뷰에서 "내 작품을 아무도 안 본다는 게 정말 무서운 일이에요……. 업계 사람들 중 누구도 상업성이 없는 사람을 지원해주지 않으니까요." 다행히 그가 생각을 바꾼 즈음 그의 연기를 본 놀란이 「테넷」 출연을 제안했고, 「테넷」 촬영 첫날 「더 배트맨」에 캐스팅됐다.

결국 꿈과 생계의 접점을 찾는 것은 모두가 하는 평생의 고민이다. 부디 행복한 교집합을 찾기를 바란다.

PART 3

과장

당신은 프로다, 프로는 아름답다

01. 성과가 나오는 일은 따로 있다

나는 열심히 일하는데 왜 성과가 나지 않을까? 내가 쓴 보고서
는 진척 없이 서버에 저장되어 끝나는데 왜 저 사람이 쓴 보고서
는 실제 사업화까지 되는 걸까? 저 사람은 왜 하는 일마다 결과가
잘 나오지?

사원부터 과장 초년시절까지 가장 큰 고민이었다. 열심히 일하
는 건 똑같은데 누구는 계속 일이 잘 풀리고, 나는 왜 하는 일마
다 진도도 나가지 않고 지루하게 한자리에서만 계속 맴도는지, 나
의 고과는 왜 항상 C, C+, C, C+의 반복인지 풀리지 않는 미스터
리였다.

그 시기를 지나고 나서 보니 알게 되었다. 흔히 금줄 X줄이라고
하듯 알게 모르게 업무 자체가 성과가 좋은 부서, 성과가 날 수
밖에 없는 일이 있다는 것을.

당신은 모르지만 입사할 때부터 정해진 것

같은 학교에서 같은 컴퓨터 공학을 전공한 두 사람이 있다. 김가나, 이다라 이 두 사람은 졸업 후 같은 휴대폰 개발회사에 입사했다. 인사팀과 면담 후 김가나는 유럽SW개발팀, 이다라는 동남아SW개발팀으로 팀이 나눠졌다.

팀을 나눈 기준은 딱히 없었다. 학창 시절 두 사람의 프로그래밍 실력은 비슷했고, 입사 이후 소속팀만 다를 뿐 담당업무도 비슷했다. 또한 일 년에 몇 차례 나가는 해외 출장 및 잔업이나 주말 특근도 횟수도, 제품 출시를 앞두고 밤샘하는 일도 크게 다르지 않았다.

다만 두 사람의 차이점은 담당하는 모델이었다. 김가나는 유럽 SW개발팀 소속이어서 자연스럽게 유럽향 플래그십 모델을 담당했고, 이다라는 동남아SW개발팀으로 동남아향 저가모델을 개발했을 뿐이다. 입사한 지 3년쯤 지나서 두 사람은 술자리에서 재미로 서로의 고과를 오픈했다. 1년에 두 번씩 평가하는데 김가나의 고과는 B, A, B, B+, A, B였고 이다라는 C, C+, C, C+, C+, C+이었다.

이다라는 김가나에게 "이야~ 너 학교 다닐 때는 몰랐는데 완전 능력자였구나. 앞으로 잘 보여야겠는 걸? 임원까지 해봐."라고 말했지만 이다라는 속이 쓰리다. 과연 김가나는 뭐가 다르기에 저렇게 고과가 좋은 것인가. 맨날 C/C+에 자존감과 의욕은 바닥까지 떨어졌는데 동기의 이야기까지 들으니 더더욱 일할 맛이 나지 않는다. 이다라의 고민은 사실 조직이 가진 고질적인 문제이기도 하다. 왜냐하면 두 사람의 실력과 관계없이 자기가 소속된 부서로 인해 이미 정해진 것들이 많기 때문이다. 누구는 집 앞의 텃밭을 팠는데 산삼이 나오더라, 누구는 돌멩이만 나오더라 그런 셈이다.

김가나의 부서는 유럽향 플래그십 모델만 개발한다. 프리미엄 모델이기에 1년에 1~2 모델만 개발하는데 신규 기능이 제일 먼저 탑재되고 판매 단가와 마진이 높다. 게다가 유럽은 이 회사의 가장 큰 시장으로 전체 매출의 90% 이상을 차지한다. 모델 개발, 출시만 하면 유럽 전역에 전면 광고를 하고 초도물량이 몇 만대 보장된다. 게다가 소프트웨어 하나로 수십 개국을 커버할 수 있다.

반면 이다라의 부서는 동남아향 저가 모델만 개발한다. 기존 모델에서 기능을 빼고 더 저렴한 부품으로 10원도 쥐어짜서 그야말로 박리다매 식으로 파는 것이 중요하다. 저가모델이다 보니 같은 회사에서 일하는 사람도 잘 모르는 모델이다. 동남아향 시장은 발생하는 매출이 미미하여 회사 기여도를 퍼센트로 따지면 한자리 수밖에 되지 않는다.

김가나의 부서는 성과가 좋으니 임원 승진자도 많고 상위고과에 대한 TO도 많아서 신입사원들도 상위고과를 어렵지 않게 받을 수 있다.

이다라의 부서는 아쉽게도 상위고과 TO 자체가 많지 않아서 진급 대상자에게 나눠주고 나면 사원들은 그야말로 C밭이 될 수밖에 없다. 태생적으로 진골/성골, 금수저/흙수저가 회사 내에서도 존재한다. 이 흐름은 쉽게 바뀌지 않으니 혹시 그걸 느꼈다면 부서를 옮겨보는 것도 방법이 될 수 있다.

성과가 나는 일은 이미 정해져 있다

부서 자체가 흙수저, 고과 TO가 빈곤한 부서라 할지라도 그 중에서 성과를 내는 사람은 항상 있게 마련이다. 그 사람은 어떻게 성과를 내는 것인가.

부서의 리더는 부서원보다 당연히 정보가 많다. 임원 회의를 통해서 듣게 되는 핫이슈도 있고, 다른 부서를 통해 공유 받는 뉴스도 많다. 또한 경영진 보고에 참여하는 경우가 많으니 경영진의 관심 분야며 현재 물밑작업이 진행 중이지만 앞으로 부각될 분야도 알고 있다. 부서에서 하는 여러 일들 중에 (삼신할미가 아이를 점지하듯) 상사가 점지해주는 일을 받는 사람은 성과를 낼 가능성이 크다.

예전에 선행과제 기획과 기술로드맵 업무를 한 적이 있다. 부서 모든 사람들이 담당 기술이 있고 한두 개의 선행과제를 진행했는데 이때도 담당 분야에 산삼밭과 자갈밭이 있었다. 당시는 사장을 비롯해 주요 임원이 모두 하드웨어 출신이었고 카메라 화소수와 디스플레이 사이즈로 경쟁하는 시기였다. 카메라와 디스플레이는 가만히 있어도 새로운 부품이 계속 개발되고, 업체에서도 신기술을 끊임없이 소개하는 분야였으니 카메라/디스플레이 담당자는 선행과제를 계속 기획할 수 있는 그야말로 산삼밭을 농사하는 일꾼이었다. 호미를 들어 캐기만 하면 심봤다~를 외치는 것이다.

하지만 소프트웨어 담당자는 그야말로 자갈밭 농사꾼이었다. 아무리 신규 소프트웨어며 소프트웨어 특화 과제를 기획해도 하드웨어 출신 상사에게는 관심 밖의 일이니 기획서는 피칭이 되지 않고 페이퍼워크로만 끝났다.

그럼 하드웨어 담당, 소프트웨어 담당은 어떻게 나누었는가.

물론 그 사람의 전공과 개발 경력에 따라 분류했지만 모든 사람에게 딱 맞아떨어지지는 않았고 결국 상사가 점지해준 대로 담당을 정하게 된 것이다. 그리고 상사는 자신이 좋아하는 팀원에게 각광받는 기술을 점지해줬으니 그 사람은 몇 년 동안 계속 좋은 성과를 낼 수밖에 없었다.

한 부서에서 누구는 진급이 누락되지만 누구는 특진하고

MBA 교육이나 주재원 발령이 나는 등 기회의 불균등은 자주 일어나는 일이다. 조직 생활은 실력과 관계없이 일어나는 일이 많다. 내가 하는 일이 왜 성과가 나지 않을까 고민이 된다면 거시적인 관점에서 주변의 역학적인 관계를 파악해보길 바란다. 해결방안은 의외로 내가 노력하는 것보다 부서를 옮기는 등 다른 방법에서 나올 수도 있다.

02. 승격의 법칙

대부분의 사람들이 돈을 벌기 위해서 일을 하므로 조직 생활을 함에 있어서 월급, 보너스가 가장 중요한 요소라고 생각한다. 하지만 그것이 전부는 아니다. 지금 직급에서 한 단계 더 올라가는 것, 승격 역시 큰 자아실현과 동기부여가 된다. 그래서 혹자는 회사생활의 꽃을 승격이라고 한다.

아무리 월급을 많이 주는 회사라고 해도 진급이 되지 않아서 이직을 하는 경우도 비일비재하다. 진급이 누락될 때 급여와 관계없이 의욕과 자존감이 떨어지고 조직 내에서 존재감이 사라진다고 생각하며, 더 심한 경우 자신이 쓸모없는 존재가 아닌가, 잉여가 아닌가 자책감을 가지기도 한다.

대부분의 기업들이 일정 기한이 지났는데도 승격하지 못하는 사람에 대해서는 인사 조치를 취하기도 한다. 조직 생활에서 승격은 선택이 아닌 필수이기 때문에 여기에 초연할 수 있는 사람은 아무도 없을 것이다. 하지만 모든 사람들이 승격을 하는 건 아니다. 어차피 머리수보다 적은 수의 자리를 두고 다투는 형태이다. 결국 실력 외에 운과 여러 가지 외부 요소가 복합적으로 작용하게 마련이다.

같은 부서에서 승격대상자가 몇 명인가?

승격 시즌이 되면 나와 같은 연차의 동료나 입사 동기가 경쟁자가 된다. 겉으로는 웃지만 '저 사람은 되고, 나는…?' 속으로 애타게 된다. 부서에서 자신이 유일한 승격 후보라면 일단 한시름 놓아도 좋다. 하지만 후보가 여러 명이라면 전략을 잘 짜야한다.

내가 대리 4년차일 때 같은 부서 내 과장 승격 후보가 3명이 있었다. 한 명은 작년에 승격이 누락된 여자 대리, 한 명은 남자 대리, 나머지 한 명이 나였다. 여자 선배는 작년에 1년 누락했으니 이번에는 미안해서라도 챙겨줄 것 같았다. 남직원에게는 항상 무한신뢰를 보내니 무리 없이 진급할 것 같았다. 하지만 나는? 안 부장에게 있어 나라는 존재는 딱히 미안한 부분도 없고 그렇다고 호감도 없는 그런 평범한 존재였다. 안 부장과 함께 일했던 지난 3년을 돌이켜보면 내 입장에서 그는 그리 믿을 만한 상사가 아니었다. 안 부장의 남직원 편애는 출장이나 교육의 기회가 누구한테 주어지느냐를 보면 쉽게 알 수 있었다. 앞서 말했던 CES, MWC 같은 전시회 출장, 3개월 과정의 합숙 어학연수, 국내외 MBA 교육 등등 회사의 혜택은 항상 남직원들에게 기회가 주어졌다. 특히 남녀차별은 과장 진급시기에 극명하게 드러났다. 남자 대리는 한 번 만에 과장으로 진급하는 반면 여자 대리는 진급시기에 꼭 누락하고 1년이 지난 이후에야 진급을 했다. 나를 제외하고 여자 선배, 여자 후배들은 꼭 한 번씩 진급 누락을 했다.

안 부장이 나를 진급시켜 줄까? 나를 포함해서 대상자 3명을 모두 진급시킬 것인가? 라는 물음에 확신이 들지 않았고 내 입지가 가장 간당간당했다. 이때까지 한 부서에서 한 해에 같은 직급에서 3명이 진급하는 사례를 본 적이 없었다. 진급이라는 것이 사람 수보다 적은 수의 의자를 두고 경쟁하는 것이고 그것을 결정하는 95%의 영향력은 안 부장에게 있음을 알고 있었기에 가만히 있는 것이 아니라 적극적으로 나서야겠다고 생각했다.

연초가 되자마자 나는 안 부장에게 면담 신청을 했고, 안 부장은 나에게 진급 포인트를 채울 수 있도록 토익 1등급과 정보화 자격증을 따야 한다고 말했다. (남자 사원들에게는 그런 요구를 하지 않았으니 그것도 우스운 일이었다) 그리고 어떤 업무를 하고 어떤 성과를 목표로 할지도 함께 정했다.

내가 준비를 완벽하게 해야 나 역시도 큰소리 칠 수 있을 것 같아 승격에 필요한 영어점수와 정보화 자격증을 미리 확보해놓았다. 대리 4년차는 내가 결혼했던 해이기도 해서, 결혼준비, 신혼여행과 집들이, 토요일 4시간짜리 집중 영어 학원 수업, 자격증 취득, 업무로 인한 야근과 주말 근무로 정말 바쁜 한 해를 보냈다. 그리고 가을이 되기 전에 토익 1등급과 자격증 모두 획득했다. 내가 할 수 있는 준비는 끝내두었기 때문에 어느 정도 한숨 돌릴 여유는 생긴 셈이었다.

그리고 부장을 찾아가 다음과 같이 이야기했다.

"부장님, 영어 1등급 만들고 정보화 자격증도 따냈습니다. 제가 할 수 있는 건 다 했으니 실적 낼 수 있게끔 도와주세요."

그리고 1년을 열심히 일했고 드디어 1차 고과 오픈 시점. 점수를 확인하니 C였다. 아직도 점수가 0.5점 부족한 상황이었다. 나의 경쟁자들 표정을 보니 밝은 것이 그들은 충분한 점수를 받은 듯 했다.

이 상태로 가다간 진급 누락이 명확했다. 가만히 있다가는 당할 것 같아서 부장에게 면담을 요청했다. 이런 상황을 예상했다는 듯이 김 대리는 아직 역량이 조금 부족하고 성과로 말하기엔 1%가 아쉬우며, 이번 평가를 통해 좀 더 열심히 하라는 의미로 받아들이라는 예상대로 이런저런 뻔한 핑계를 댔다.

"아니, 부장님. 제가 부장님 밑에서 3년을 일했는데 저에게 기회도 제대로 주시지 않고 성과 운운하시면 제가 어떻게 더 할 수 있을까요? 매번 출장 보내주겠다 말씀하셨지만 저 3년 동안 한 번도 못 가봤어요. 이래서 부장님 믿고 함께 일할 수 있겠어요? (버럭)"

평소에 상사에게 대들지 않는 성격이었기에 이렇게 말하고 나니 쿵쾅거리는 소리가 귀에 울릴 만큼 심장이 뛰었다. 내가 과연 이 말을 할 수 있을까? 스스로도 확신이 서지 않았기에 상황을 여러 번 머릿속으로 그려 보았고 신랑은 이때 볼펜을 책상 위에 던지고 나오라고 코칭하기까지 했다.

이때의 버럭이 효과가 있었는지 2차 고과는 A보다 더 높은 EX를 받았고 무난히 과장 진급을 했다. 과연 내가 몇 달 만에 안 부장이 원하는 역량을 갖추었는가, 누구도 따라오지 못할 성과를 만들어냈는가.

그렇지 않다. 1차 고과 오픈 시기와 그 이후 시기 나는 평소대로 똑같이 일했을 뿐이다. 단지, 안 부장에게 이의를 제기했느냐 차이 뿐이었다. 이후 내가 깨달은 것은 아… 그때 고과 이의 신청을 하지 않고 가만히 있었으면 진급 누락되었겠구나.

수석 진급 때는? 운 좋게도 진급 대상자가 나 혼자였다. 상사 입장에서는 TO를 어떻게 나눠야 하나 고민할 필요가 없는 그야 말로 땡큐 케이스였던 것이다.

나 역시도 눈치작전 필요 없이 내 일만 신경 쓰면 되었기에 상
대적으로 순조로웠다.

승격 직전에 임신, 출산, 육아휴직이나
부서이동을 했는가?

똑같은 조건의 승격대상자 후보가 두 명이 있다고 가정해보자.
두 사람 모두 실력이나 진급포인트는 비슷하다. 유일한 차이점은
한 명은 오랫동안 부서장과 함께 일한 사람이고, 다른 한 사람은
같은 부서에 조인한지 얼마 되지 않은 사람이다. 두 사람 모두 진
급하면 너와 나 모두 행복하겠지만 안타깝게도 부서에서 한 명만
진급이 가능하다. 이런 경우라면 상사는 누구를 진급시킬까? 대
부분의 경우 본인과 좀 더 오래 일한 사람의 손을 들어주게 마련
이다. 본인과 오래 일한 부하직원이 승격을 못하게 되었을 때는 미
안하게 여기지만 새로 온 사람에 대해서 느끼는 미안함의 정도가
다르기 때문이다.

대부분의 사람 심리가 그렇기 때문에 승격 대상이 되는 해에
부서를 이동하는 것은 그리 바람직하지 못하다. 임신, 출산휴가,
휴직도 마찬가지이다. 곧 휴직에 들어갈 사람, 눈앞에 당장 보이지
않는 사람에 대해서는 누락되어도 덜 미안하게 여긴다. 불편한 기

간 몇 달만 참으면 된다고 생각하기 때문이다. 인생이 늘 계획대로 되지는 않지만 기왕이면 마음 편하게 승진한 이후 조직 내에서 적성을 찾거나 진로를 바꾸거나 가족계획을 세우기를 추천한다.

같은 부서에 여직원들의 대표 멘토이자 정신적인 리더라고 할 수 있는 부장이 있다. 사원 시절 지역 전문가로 선발되어 1년 동안 해외로 파견되었으며, 대리 시절 사장 통역 담당하는 수행 비서 역할을 했고, 과장 진급 시 1년 특진, 30대에 부장 승진을 했다. 내가 그녀를 몰랐다면 이력만 듣고서는 보통 미혼이거나, 이혼했거나, 딩크족이거나 또는 친정엄마나 시어머니 중 한 명이 육아와 살림을 모두 책임져준다고 생각했을 것이다. 하지만 그녀는 양가 도움을 받지 못하고 시간제 베이비시터를 쓰며 초등학생, 유치원생 아이 둘을 키우는 워킹맘이다. 그녀도 출산 후 2번 및 첫째 아이 초등학교 1학년 시기에 한 번, 총 3차례의 육아 휴직을 사용했고 수술로 인한 병가로 몇 달 쉬기도 했다. 그럼에도 그녀의 승진에는 아무런 문제가 없었던 것이 그녀의 능력이 출중했던 것도 있지만 그것보다 택일 즉 시기 선정이 아주 탁월했기 때문이다.

대리 4년차에 결혼하고 과장 진급 후에 첫째 아이를 출산하면서 육아휴직을 썼다. 차장 진급 후에 둘째 아이를 출산하여 두 번째 육아휴직을 사용했고, 부장 진급하던 해에 아이가 초등학교 입학하여 남아있던 육아휴직을 사용했다. 상사도 부담 없고 본인도 마음 편하게 태교와 육아에 임했던 거의 삼신할머니 수준(?)의 가족계획인 셈이다.

물론 사람이 기계도 아닌데 그렇게 일정을 딱딱 맞추기 힘들뿐더러 요즘은 만혼이나 난임 으로 인해 가족계획과 승진을 맞추는 것이 쉽지 않은 일이다. 하지만 아이 하나를 낳거나 둘 이상을 낳거나 또는 낳지 않기로 선택하는 것이 인생에서 큰 결정인 것처럼 승격 역시도 마찬가지이다. 내년이 승격 케이스인데 예상치 못한 임신으로 언제 부서장에게 알려야 하나, 승격 심사 때문에 육아휴직을 쓰지 못하고 출산휴가 3개월만 써야 하나 고민하는 후배를 보면 안타까울 뿐이다. 그러므로 장기적인 관점에서 개인 생활과 회사생활의 밸런스를 최대한 맞춰봐야 한다.

상사가 나를 견제하는가, 지지하는가?

상사가 나를 부하직원이 아닌 경쟁대상자로 여긴다면 안타깝게도 승진이 녹록치 않다. 미국에서 MBA를 하고 와서 영어가 유창한 신 차장. 그녀는 부장 진급 대상자인데 2년 연속 승진에서 누락되었다. 그녀는 직속 상사인 파트장과 나이 차이가 얼마나지 않았다. 게다가 그녀의 파트장은 국내파. 알게 모르게 그녀를 견제하고 있다. 본인보다 스펙이 더 좋고 영어도 유창하니 신 차장이 같은 부장 직급이 되면 언제라도 자신의 자리를 위협할 수 있다는 생각에 은근히 진급을 훼방 놓는 것이다. 안타깝게도 그녀는 상사 복이 없다. 능력이 전부가 아닌 것이다.

부하직원의 능력을 다 품을 수 있는 아량을 지닌 상사라면 신 차장은 날개를 펼칠 수 있겠지만 그렇지 못한 경우 어깨를 짓누르는 돌덩이가 되기도 한다.

나와 일했던 상사가 승격 시점에 다른 부서로 이동하는가?

우리 회사는 임원 발표가 12월 초, 직원 대상 승격 발표를 2월 마지막 날에 실시한다. 나와 함께 일했던 상사가 더 높은 직급으로 승진한다면 축하할 일이지만 그로 인해 상사가 다른 부서로 발령이 난다면? 또는 그분이 퇴임하시게 되어 내가 일했던 히스토리를 전혀 모르는 사람이 새로운 상사로 부임한다면? 나의 진급도 앞날이 묘연해진다. 상사를 따라가던지, 최대한 바짓가랑이를 붙들어야 한다.

다른 부서로 이동해서 본인도 정신없는 마당에 후임자에게 예전부서 직원의 승격을 챙겨달라고 말하는 사람도 그리 많지 않고 그 말을 들었다고 해서 그걸 이행할 신임 상사도 많지 않다.

이처럼 승격은 실력도 실력이지만 운도 따라줘야 가능한 일이다. 조직에서 다음을 기약할 수 없다. 위 4가지 경우가 아니라면 승격은 가능성이 있을 때, 기회가 왔을 때 반드시 잡아야 한다. 그것이 살아남는 길이다.

03. 의전에 대해 생각할 때라면

이 글을 읽는 당신이 사원, 대리보다 부장과 임원을 대하기가
더 편하게 느껴지는 나이라면 또는 조직에서 위로 올라가고 싶은
욕구가 있다면 실력과 성과 조직관리 리더십 외 신경 써야 할 부
분이 있다. 바로 '의전'이다.

의전은 그야말로 잘해봐야 본전이고 못하면 욕을 바가지로 얻
어먹는 그야말로 티 나지 않는 잡일이라고 할 수 있다. 하지만 보
이지 않는 곳에선 수없이 많은 의전이 이루어지고 있고 그것은 일
종의 불문율처럼 상사를 보필하는 매뉴얼로 받아들여지고 있다.
또한 의전을 잘하던 사람이 임원으로 승진하는 경우가 많다. 즉
의전을 잘 하는 것은 다른 경쟁자들 중에서 나를 돋보이게 하는
차별화하는 요소가 되기도 한다.

내가 들어본 의전의 사례는 때로는 '정말 이렇게까지 해야 해?'
라고 생각될 정도로 다양한 분야를 넘나들었고 웬만한 컨시어지

서비스 뺨치는 수준이었다.

예를 들자면,

1. 임원과 함께 해외 출장을 가게 되면 공항에서 호텔 법인까지 임원의 모든 짐을 대신 나른다. 상사의 짐을 정리할 뿐만 아니라 바지와 드레스셔츠까지 손수 다림질하여 옷걸이에 걸어둔다.

2. 직속 상사가 승진을 하면 승진 발표가 나자마자 바로 그날 회식 장소를 예약한다. 승진 축하 메시지를 쓴 플래카드를 주문하여 회식 장소에 걸어 두고 파티를 한다.

3. 상사가 기러기인 경우 금요일 저녁부터 주말까지 다양한 프로그램으로 함께 시간을 보낸다. 주말 특근이 될 수도 있고 음주가 될 수도, 골프나 사우나가 될 수도 있다.

4. 출장지가 유명한 관광지라면 시간을 따로 내어 관광 일정을 잡는다.

선배들 말에 따르면 이스라엘에 임원과 함께 출장 갔을 때는 사해에서 수영하며 신문 읽는 모습의 사진도 찍어드렸으며 (같이 수영복으로 갈아입었음은 당연한 일), 프랑스라면 에펠탑, 이탈리아라면 콜로세움 정도는 방문하여 인증샷 찍고 명품 쇼핑에도 동행했다고 한다.

솔직히 이 정도 수준의 의전이라면 특히 상사와 내가 성별이 다른 경우라면 수행하기 어려운 일도 많다. 이걸 해야 할까 말아야 할까, 고민되는 상황이라면 상식선에서 좀 무리다 싶은 상황은 굳이 나서서 하지 않아도 된다. 그럴 땐 의전의 기본 원칙을 생각하면 된다. 의전의 기본 원칙은 상대방을 배려하고 찾기 전에 먼저 서비스를 제공하는 것, 상대방을 기다리게 하지 않는 것이다.

같은 상황이라도 출장에서라면 더욱 예민하게 받아들이게 된다. 비행과 시차에 대한 피로, 기한 내에 끝내야 한다는 부담감, 먹고 마시고 자는 것에 대한 불편함이 더해지기 때문이다. 그렇기에 사소한 것에서도 지적받기가 일쑤이다. 특히 예민해지는 것이 비행기에서 내린 직후이다. 상사들은 대부분 비행기 일등석을 타기 때문에 빨리 내린다. 그런데 이코노미석을 타는 실무자들은 어떤가? 일등석 승객이 다 내린 후 겨우 내릴 수 있기에 하차하는데 시간이 걸린다. 게다가 거기에 짐을 수화물로 부쳤다면? 짐 찾을 때까지 상사와 함께 기다려야 한다면 그 자리가 그야말로 가시방석일 것이다.

심 과장은 김 상무와 함께 유럽 출장을 가게 되었는데 이런 상황에 직면했다. 출장이 잦은 김 상무는 비행기에서 내려 바로 미팅에 참석할 수 있는 노타이 정장 차림이었다. 반면 임원과 동행하는 출장이 처음인 심 과장은 장거리 비행에 편한 반바지에 발가락이 보이는 슬리퍼를 신고 왔다. 공항에서 만나자마자 심 과장은 "너는 놀러왔냐? 호텔에 들르지 않고 바로 클라이언트와 미팅할 수도 있는데 너 그런 옷차림으로 갈래?"라는 지적을 받았다. 13시간 비행 후, 김 상무는 짐을 기내용으로 준비하여 비행기에서 내림과 동시에 나갈 준비가 완료 되었다. 하지만 이코노미석에 탑승하면서 짐을 수화물로 부친 심 과장은 비행기에서 내리는 것도 오래 걸리고 김 상무 함께 짐을 기다려야하는 상황이 된 것이다. 김 상무는 급하고 직설적인 성격이라 다음과 같이 내뱉었다.

"(내가 같이 기다려야겠니?!) 너 저 가방 버리면 안 되냐? 내가 하나 사 줄게!"

그 이후로 심 과장은 출장갈 일이 있으면 짐은 무조건 기내용으로 준비한다. 또한 비행기에서 내려서 바로 사무실로 가도 무리 없도록 옷차림도 단정히 한다.

영화 「인디에어」를 보면 김 상무가 어느 정도 이해되기도 한다. 극중에서 조지 클루니는 이번 출장이 처음인 여자 후배에게 탑승 수속에 낭비되는 시간이 얼마나 걸리는지 물어본다. 여자 후배가 5분? 10분? 머뭇거리자, 조지 클루니는 한 항공편 당 35분이라며 1년에 279회 여행하는 본인에게는 총 157시간, 대략 1주일을 짐 가방 때문에 날려 보낸다고 지적한다. 시간을 다투는 업무가 많은 사람일수록 행동이 빠르며, 공항에서는 더욱 그러하다. 임원과 동행하게 된다면 그들의 습성을 이해하고 그에 맞춰야 한다.

주변 사례를 보면 의전 잘하는 사람은 누가 가르쳐주지도 않고 매뉴얼도 없는데 예상치 못한 부분까지 정말 '뼈 속까지 타고난 건가' 싶을 정도로 놀라운 서비스를 제공한다. 하지만 그 반면에 도저히 못 해먹겠다! 하는 사람도 존재하며 상사가 이성일 경우 호텔방을 드나드는 것이 오히려 금지되는 경우도 있다. 도저히 성격에 맞지 않는다면 의전으로 점수 따려고 하지 말고 평타만 유지하자. 기본만 지켜도 무리한 컨시어지 서비스까지 하지 않아도 된다. 상대방의 상황을 이해하고 그들을 기다리게 하지 않는 것이 의전의 기본이다.

04. 정치적인 것과 친한 것의 한 끗 차이

"부장님, 오늘따라 넥타이가 너무 잘 어울리세요. 얼굴도 더 화사해 보이시고요."

"부장님, 팀장님도 출장 가셨는데 번개 한번 하시죠. 말 나온 김에 오늘 삼겹살이랑 소주 한 잔 어때요? 캬~"

나에겐 손발이 오그라드는 멘트들이다. 심호흡을 하고 여러 번 연습을 해도 그 상황에선 멘트를 내뱉는 것이 마치 책 읽는 듯 어색하고 부자연스럽다. 하지만 이런 속보이는 멘트도 너무나 자연스럽게 잘 하는 사람들도 많다.

상사가 없는 자리에서는 욕을 할지라도 상사 앞에서는 자신의 속마음을 숨기고 친근하게 다가가는 것, 상사에 대한 칭찬도 서슴없이 하는 것 보통의 경우 이런 사람들을 '정치적'이라고 부른다. 누가 들어도 오그리는 멘트임에 틀림없고 듣는 상사도 알고 있지만 그 역시도 허허 웃는다. 그렇다. 칭찬을 싫어할 사람은 없고, 자기에게 먼저 살갑게 다가오는 사람을 거절할 사람은 없다.

대리 시절, 나는 40대 후반의 부장이 그렇게 싫었다. 두루뭉술하게 일을 지시하는 것도 마음에 들지 않고 일 없어도 사무실에 저녁 늦게까지 남아있는 걸 좋아하는 그런 태도도 싫었고 회식 좋아하는 것도 싫었다. 회식하면 꼭 노래방까지 가는 것, 분기회 행사는 항상 청계산으로 가는 것도 싫었다. 그래서 일할 때는 어쩔 수 없이 따랐지만 평소 회식이나 번개는 각종 핑계를 대며 요리조리 빠져나가기 일쑤였고, 빠질 수 없는 회식이나 점심시간이면 부장과 가장 먼 자리에 앉았고 출퇴근시간에도 최대한 마주치지 않으려고 애썼다. 그때 부장이 나에게 자주 했던 말이 "김 대리는 차암~ 커뮤니케이션이 잘 안 돼."였다.

돌이켜보면 지금 내게 젠지(Generation Z)가 어려운 것처럼 부장에게도 내가 참 이해하기 힘든 존재가 아니었나 싶다. 기본적으로 사고방식도 다르고 가치관도 완전히 달라 양립하기 힘든 존재인데 친해질 만한 건수도 없는 것이다.

사실 부장이라는 존재가 외로운 자리다. 아래에서 치이고 위에서 치이고 집에서 치이고… 그럴 때 같은 부하직원이라고 살갑게 다가오는 사람을 예뻐할 수밖에 없다.

사실 우리도 그렇지 않은가. 친해지고 싶어서 또는 신세를 져서 고마운 마음에 밥 한번 살게, 밥 한번 같이 먹자 이렇게 제안했을 때 거절당하면 은근히 마음 상하고 다시는 말 안 꺼내게 되지 않는가.

부장들도 마찬가지다. 방법이 구식이긴 했지만 그들에게 회식이 팀원들과 친해지는 가장 편한 수단이었고, 그래서 회식에 도망가는 사원은 친해지기 힘든 사원, 노래방까지 같이 가주면 나랑 코드가 맞는 사원 이렇게 구분지은 것이다.

그러고 보면 내가 극심하게 남녀차별을 당한 그 시기에도 같은 부서 내에서는 특진해서 남들보다 빨리 과장이 된 여직원이 있었는데 그녀는 번개에도 빠지지 않았고 회식도 끝까지 함께 했다.

내가 제안하는 것에 따라와 주는 것도 고마운데 부하직원이 먼저 다가와 준다면? 상사도 사람일진대 마음이 먼저 가게 된다. 그러다가 아랫사람이 야근이나 주말 출근 같은 궂은 일도 마다하지 않고 처리해주고 그런 식으로 몇 번 인터랙션이 오고가다 보면 기회도 주고 싶어지는 것이다.

누군가 한 명이 특출나게 뛰어난 사람이 있다면 몰라도 대개 사람의 역량이 비슷하기에 상사 입장에서는 나에게 좀 더 친근히 다가오는 사람에게 마음이 가고 기회도 더 주게 된다.

어쩌면 우리가 정치적이라고 생각했던 동기나 선후배들은 상사에게 먼저 한 발짝 다가갔던 것일 수도 있다. 상황에 따라 본인의 노선을 휙휙 바꾸는 것은 정치적이지만, 그 이면에는 친분을 쌓는 것도 기본으로 받쳐줘야 한다.

상사에게 먼저 다가가보라. 내가 먼저 살갑게 대해보라. 사소한 일에도 칭찬해보라. 당장 달라지는 것은 없어도 조그마한 변화는 생길 것이다.

주말에 여유가 있을 때는 잠깐 재밌게 보고 채널을 돌릴 수 있는 예능 프로그램을 많이 보는 편이다. 그 중에 JTBC 「아는 형님」(박진영, 트와이스 다현, 나연 출연 편)이 오래 여운에 남는다. 트와이스 멤버가 총 몇 명인지도 모르고 쯔위 말고는 아는 사람이 거의 없었는데 이날 방송 출연으로 다현이라는 멤버가 뇌리에 깊이 박혔다. 다현은 '사회생활 만렙 스킬'을 뽐내며, 출연진들로부터 "JYP 차기 이사가 되겠다"는 칭찬까지 들었다. 과연 다현은 무엇이 달랐기에 그런 말을 들었을까?

상사가 필요할 때 도움을 준다

박진영이 토크 중 목이 메였는데 말을 계속 이어가자 콜록콜록 기침이 나왔다. 그때 옆에 있던 다현이 조용히 스윽 물을 내밀었다. 상사에게 관심을 가지고 끊임없이 주시했기에 그 순간에 그런 행동이 나온 것이다. 작은 배려는 감동을 준다.

상사를 칭찬하고 응원한다

박진영이 애교를 선보이고 나서 "괜찮았어?"라고 물었다. 다현은 비록 로봇

144

말투였지만 "귀여웠다"며 엄지 척으로 칭찬을 하고 자신감을 북돋워줬다.

상사의 자리는 외롭다. 대내외적으로 늘 평가받는 자리이며 그 평가는 항상 냉정하다. 상사도 사람인만큼 칭찬에 기분 나쁠 사람은 없다. 예상치 못한 부하직원의 소소한 칭찬은 "에이~ 쑥스럽게 뭘 그래~"하면서도 기분 좋게 만든다.

다현의 이런 행동은 연예인이 보아도 범상치 않은, 돋보이는 행동인 것이다. 그렇기에 농담이지만 이사감이라고 이야기를 하며, 또 이런 행동을 해왔던 사람들이 계속 이사로 승진했을 것이다.

당신이 직장인이라면 예능 프로그램이라고 웃고 넘길 게 아니라 나에게 어떻게 적용할 수 있을까 한 번쯤은 고민해봐야 한다. 상사가 회의 참석으로 자리를 비웠을 때 점심시간이 지나도록 돌아오지 않는다면 혼자 밥을 먹게 되는 건 아닌지 챙겨봐 줄 수 있는지. 질문을 했을 때 제일 먼저 답을 찾아줄 수 있는지. 헤어스타일이 바뀐 날, "어머~ 헤어스타일 너무 잘 어울리세요. 이마를 드러내시니까 더 젊어보이시는데요?"라며 칭찬할 수 있는지.

물론 이런 '촉'을 타고 나는 사람도 있다. 하지만 노력하면 보통 사람도 어느 정도 가능해진다. 주변 동료들이 이런 행동을 할 때 정치적이라고 비난하지 말고 스스로 노력해보자. 험난한 사회생활이 조금씩 편해질지도 모를 일이다.

05. 즐길 수 없다면 피해라

신입사원 시절 가장 많이 들었던 말은 바로 "피할 수 없다면 즐겨라"였다. 특히 우리 회사는 혹독한 신입사원 입문 교육으로 유명했는데, 산 좋고 물 좋은 시골 연수원에서 한 달 동안 갇혀 휴대폰을 반납하고 외부와 단절된 채 교육을 받고 나면 몸속에는 파란 피가 흐르게 된다고 했다. 그 연수원을 나간다는 것은 수료하거나 아니면 퇴사하거나 둘 중 하나였기 때문에 (물론 중간에 외출은 있었다.) 그야말로 피할 수 없는 상황이었고 그 안에서 보람과 희망, 재미를 찾을 수밖에 없었다.

하지만 사회생활을 해보니 "피할 수 없으면 즐겨라"가 아니라 "즐길 수 없다면 피해라"가 맞는 상황이 점점 많아졌다. 특히 즐길 수 없는 대상이 '일'이 아니라 사람이라면, 특히 '상사'라면 최대한 피하는 것이 현명한 선택이 되기도 한다. 다음은 반드시 피해야 할 상사들이다.

부하직원의 사정을 모르는 척 하는 상사

어느 날, 부장이 저녁 7시 파트 회의를 소집하여 부서 사람들 모두 회의실에 모였다. 회의가 늘 그렇듯 부장의 일장 연설로 시작되었는데, 같은 부서 서 대리는 급한 전화가 왔는지 갑자기 전화기를 들고 회의실 밖으로 나갔다. 그리고는 5분 뒤 다시 회의실로 돌아와 경황없는 목소리로 어머니가 갑자기 뇌출혈로 쓰러지셔서 집에 가봐야 할 것 같다며 주섬주섬 가방을 챙기며 퇴근했다. 그의 고향은 대구였고 그 길로 바로 기차를 타고 대구로 내려갔다.

내 자리가 안 부장 바로 앞자리여서 모든 통화내용을 다 들을 수 있었는데, 다음 날 부장과 서 대리의 통화를 얼핏 들었을 때 서 대리의 어머니가 수술을 하시게 되었고 며칠 동안 중환자실에 계실 것이라고 했다. 그래서 기약할 수는 없지만 며칠 휴가를 내어 중환자실에서 일반 병실로 옮겨지는 것을 보고 출근을 하겠다는 것 같았다. 매일 병원에 들를 수 있는 상황이 아니니 누구라도 그 상황에서는 당연히 그렇게 하고 싶었을 것이다. 하지만 그룹장인 안 부장은 생각이 달랐다. 하필 그 시기가 사장 보고를 앞두고 있었고 서 대리가 담당한 부분이 꽤나 중요한 부분이었다. 서 대리가 고향으로 내려간 지 3일째 되었을 때 서 대리에게 전화를 해서 다음날 출근하라고 했다.

그의 메시지는 이런 내용이었다.

"아니 서 대리, 자네가 의사도 아니고 병원에 죽치고 있다고 어머니가 빨리 낫는 것도 아니잖아. 내일이라도 출근하도록 해. 모레보고 잡힌 거 잊지 않고 있지?"

이 말을 들은 서 대리의 마음엔 얼마나 찬바람이 쌩쌩 불었을지 짐작하고도 남음이었다. 그 통화내용을 들으니 나 역시도 정나미가 뚝 떨어졌다.

안 부장은 자상한 아버지였다. 업무시간에도 아이들이 피자 시켜달라고 전화하면 직접 피자를 주문해주고 아이 졸업식에는 휴가를 내고 꼭꼭 참석했다. 하지만 본인 가족에게는 다정했어도 부하직원의 가족 사정에는 가차 없었다.

이런 특수상황에서도 야박하게 구는 사람에게 과연 동료애며 상사에 대한 존경심이며, 믿고 함께 일하고 싶은 마음이 생겨날까? 마음의 상처는 두고두고 기억에 남을 것이다. 이런 사람하고 오래 일해 봤자 마음의 상처만 얻고 정신만 피폐해진다.

약자를 배려하지 않는 상사

여성이라면 회사생활을 할 때 누구나 한 번쯤은 약자가 되는 순간이 있다. 바로 임신했을 때이다. 임신을 하면 출산을 할 때까지 본인의 의지와 관계없는 일, 자신의 컨트롤을 벗어나는 일이 종종 일어난다. 입덧이 심해서 수액을 맞기도 하고 조산의 위험으로 인해 갑자기 입원하는 경우도 생긴다. 메르스, 코로나 같은 상황이라면 예상치 못하게 재택근무를 해야 할 수도 있다.

우리 회사는 임신을 하면 모성보호 등록을 하고 출산 예정일을 시스템에 입력하게 되어 있다. 야근이 금지되어 있고 출퇴근 시간을 체크하기 때문에 상사는 업무의 형평성이나 향후 인력 계획을 세울 수밖에 없다.

하지만 상사 역시 케바케(개인에 따라 다르다)인지라 지나치게 배려한 나머지 임신 초부터 임산부를 모든 업무에서 배제시키는 경우도 있고 그 반대로 출산 직전까지 최대한 쥐어짜서 원래의 몫을 해내기를 종용하는 상사도 있다. 그리고 내가 겪은 상사는 후자였다.

나는 비교적 늦은 나이에 임신을 했다. 임신했을 당시 과장 3년 차였는데 8명이 한 파트인 곳에서 서열을 따져보면 세 번째였다. 후배들보다 상대적으로 상사가 좀 더 가까운 위치였기에 임신을 했지만 최대한 업무 공백을 만들지 않으려고 노력했다. 내가 빠지면 그만큼 다른 사람들이 나의 몫을 나눠해야 한다는 것이 뻔히 눈에 보였기 때문이다. 당시 담당했던 업무 중 하나가 매주 금요일 트렌드 리포트를 작성하여 500명 이상의 임직원에게 메일로 공유하는 일이었다. 수신인 숫자가 많은데다가 사장도 수신인에 포함되어 있어 가벼이 볼 수 없는 업무였다. 부서 멤버 모두가 나눠서 기사를 한두 개씩 작성했지만 그 기사를 모아서 검토 및 편집하여 하나의 리포트로 작성하는 것은 3명이 번갈아가면서 했는데 파트장과 선배, 그리고 나였다.

예정대로라면 3주에 한 번씩 차례가 돌아올 테지만 나보다 더 바쁜 선배 두 사람이 출장을 가거나 급한 업무를 맡게 되면 트렌드 리포트 작성 및 발송은 고스란히 나의 업무가 되었다.

트렌드 리포트 발행 업무의 부담은 아무리 서둘러도 금요일 저녁 8시 전후로 발행된다는 점, 메일 수신인에 사장까지 포함된다는 점이었다. 다른 5명의 멤버가 기사를 작성해서 내게 전달해주는 시간이 오후 3~4시 경이었기에 5개의 기사를 모두 검토하여 한 사람이 쓴 것처럼 일명 톤 앤 매너(Tone and Manner)*를 맞추고 파트 리더의 리뷰를 받고 수정하는 프로세스를 2~3차례 거치면 시간이 꽤나 소요되었

* 톤 앤 매너
(Tone and Manner) : 사전적 의미로 색감, 색상의 분위기, 방향, 표현법에 대한 전반적인 방법론으로 전체적으로 하나의 '컨셉'을 말한다.

다. 게다가 수신인이 500명이 넘으니 100명 단위로 끊어서 메일을 발송하는데, 주소록별로 인사말부터 메일 본문을 조금씩 다르게 써야 해서 그 작업도 20~30분 걸렸다.

사실 시간에 구애를 받지 않으면 난이도가 높은 일은 아니었는데 임산부는 저녁 7시가 되기 전에 퇴근해야 했다. 7시 이후까지 사무실에 남아있으면 노동부에 신고가 들어가고 그건 또 인사팀에서 관리하여 다시 상사가 경고를 받게 되어 신경 쓰일 수밖에 없었다. 결국 업무용 PC를 반출하여 집에서 작업하거나 회사 안이지만 외부 방문객을 위해 임시로 PC를 쓸 수 있는 공간에서 작업을 할 수밖에 없었다.

나는 회사에서 모든 일을 끝내려고 주로 7시 직전, 6시 59분에 사무실에서 나와 내방객 대기실에 있는 PC를 이용해 작업을 마무리하였다. 그런데 그 PC가 업무용으로 사용할 수는 있지만 방문객이 잠시 사용할 용도로 비치해둔 것이기 때문에 서서 사용해야 했다. PC는 스탠드 같은 곳에 부착되어 위치를 옮길 수도 없었고 근처에 앉을 의자도 없었다. 그렇게 불러오는 배를 잡아가며 출산할 때까지 금요일마다 1시간 넘게 서서 일을 했다. 다리도 붓고 배도 당겼지만 할 수 있는 데까지 내 역할을 하리라 마음을 먹었다.

월요일 출근하면 같은 부서원들은 지난 금요일 내가 발송한 트렌드 리포트 메일의 발신 시간이 저녁 8시 반~9시인 것을 보고 내가 그 시간까지 일한 것을 알고 있었는데 단 한 사람, 파트장만 몰랐다. 그리고 출산휴가 직전의 마지막 트렌드 리포트를 발행

해야 하는 금요일, 파트장은 외근, 선배는 휴가였다. 몇 주째 연속해서 내가 담당이었는데, 출산휴가+육아휴직을 단 3일 앞두고도 또 내가, 그것도 서서 일해야 되나 싶어 사실 짜증이 났다. 만삭이니 가만히 있어도 숨 쉬는 게 힘들고 다리가 붓고 배가 당기는 상태인데 1시간 넘게 서서 일하는 게 이제는 무리라 생각이 되었다. 그래서 금요일 작업할 수 있는 만큼만 일하고 월요일에 마무리하겠다는 마음, 그냥 될 대로 되라는 심정으로 6시 59분에 퇴근해버렸다. 그리고 그 다음 주 월요일이 되어서 파트장은 출근하자마자 트렌드 리포트가 발행되지 않았음을 알고 나를 불러 질책했다. 그리고 그날 오후 예정되어 있던 환송회 겸 다과회도 취소해버렸다. 그 상황이 민망하여 후배들이 따로 자리를 마련해줄 정도였다. 내가 몇 년을 함께 일해도 막상 출산휴가 들어가기 직전에 일이 펑크가 났다며 질책하는 상사, 15개월의 휴가+휴직을 들어가는 후배에게 건강하게 출산하고 몸조리 잘하고 다시 보자는 인사말도 건네지 않는 상사. 내가 무슨 부귀영화를 누리려고 금요일 밤마다 부은 다리를 주물러가며 서서 일했던가 현타가 왔다.

이렇게 욕먹을 거였으면 처음부터 주어진 시간 내에 일을 처리할 수 없으니 업무에서 배제해 달라고 할 걸 괜히 꾸역꾸역 해치워냈구나 싶었고 그를 상사로서 보좌하고 싶은 마음, 함께 일하고 싶은 마음이 싹 사라졌다. 15개월의 육아휴직 이후 복직하면 어떡해서든 부서를 옮겨 그를 떠나야겠다고 생각했다.

이런 일반적이지 않는 상황에서도 배려하지 않는 상사 밑에 있는 한 내가 과연 얼마나 성장할 수 있겠는가. 물론 처리해야 할 일이 급박하면 그 업무를 담당한 부하직원의 상황이나 사정이 눈에 안 들어올 수 있다.

하지만 회사는 1인 기업이나 1인 조직이 아니다. 한 사람 빠진다고 회사 운영에 영향을 받아서도 안 되며 그렇게 될 수도 없는 구조이다. 서 대리나 나의 경우 당사자 말고도 그 일을 처리할 수 있는 동일 레벨의 부서원과 후보원이 대여섯 명 있었다. 다만 숙련되지 않아 당장 한두 시간 내에 똑같이 처리를 못할 뿐 시간만 주어지면 충분히 해낼 수 있다.

대체 인력이 있음에도 활용하지 못하고 담당자를 닦달하는 것은 단지 그 리더의 배려심 부족에서 그치지 않는다. 그는 리스크 매니징 능력, 조직력이 부족한 것이다. 그러한 리더의 특징은 급한 일에는 엄청 닦달하지만 그 일의 중요도가 떨어지면 담당자를 금방 팽 해버린다.

이런 상사를 만나면 특히나 당신이 서 대리나 나와 같은 취급을 당했다면 최대한 빠른 시간 내에 그를 떠나는 것이 상책이다. 언제 토사구팽할지 모르기 때문이다. 즐길 수 없기에 피해야 하는 대상, 바로 부하직원을 배려할 줄 모르는 상사이다.

06. 어필하고 요구하라

한때 언론에서 여풍당당 (女風堂堂)이라는 용어를 많이 사용하던 시기가 있었다. 많은 여성이 사회에 진출하여 그 기세가 아주 현저함을 이르는 말이다. 경찰대 졸업 톱3를 모두 여학생이 차지, 육군사관학교 졸업식에서 졸업성적 1등부터 3등까지 모두 여생도가 차지, 서울대 졸업식장에서 단과대 수석 졸업자의 절반 이상이 여학생, 외교원 외교관 후보자 선발시험에서 최종합격자 중 여성 비율이 과반수 이상, 행정고시에서 수석 합격자가 여학생 등 여풍 현상은 이미 2000년 초부터 사회 전반에서 발견할 수 있는 현상이다. 여학생의 학업 성취도가 높다는 것은 이미 반박할 여지가 없는 자명한 사실이다. 배운 지식을 놓고 평가하는 것에는 여학생이 절대적으로 유리하다.

회사에서의 평가도 시험을 쳐서 점수화한다면 여직원들이 불리할 것이 없을 터인데, 안타깝게도 회사에서의 평가는 대부분 절대평가가 아닌 상대평가이다. 즉, 실력과 실적을 절대적으로 수치화할 수 있는 게 아니기에 상사의 영향력이 어느 정도 작용한다는 의미를 내포하고 있다.

그럼 상사의 영향력에 영향을 미치는 것들은 무엇이 있을까? 때론 상식 밖의 일이고 말도 안 되는 이유가 효과를 발휘할 때가 있다.

"부장님, 저 라스베이거스 한 번도 못 가봤어요. 정말 가고 싶어요. 다음 CES 출장 꼭 보내주실 거죠? (새끼손가락 내밀며) 약속~ (엄지손가락 내밀며) 도장도 찍었어요."

"부장님, 저 외벌이인 거 아시잖아요. 애비가 되어서 처자식 먹여 살리고, 대학까지는 보내야지요. 저 진짜 이번에 꼭 진급해야 되거든요. 열심히 할 테니까 밀어주실 거죠?"

남자 후배/동기/선배들이 저런 멘트를 던질 때 나 역시도 현장에 같이 있었기에 분위기를 잘 알고 있었다. 무슨 회식 자리에서 저런 이야기를 하나 싶어 어이가 없었고 특히 마지막에 외벌이 운운할 때는 정말 기도 차지 않았다. 아니 정정당당하게 실력으로 겨뤄야지 외벌이를 내세우다니 정말 비굴하다고 생각했고 저렇게까지 자존심을 내려놓고 자신의 처지를 팔아야 되나 싶었다.

그런데 더욱 놀라운 것은 그게 통한다는 사실이다. 회식 자리에서, 흡연하는 자리에서 출장가고 싶다고, 진급해야 된다고 힘

써달라고 했던 남직원들은 자기가 원하는 바를 얻어냈다. 그리고 '어떻게 저런 말을 입 밖으로 내뱉을 수가 있지?'라고 생각하며 정정당당한 승부와 결과가 있기를 조용히 기다렸던 여자들은 마지막 순간에 기회에서 밀려났다.

회사생활을 하다보면 특히 진급 시즌이 되면 "우는 아이 젖 한 번 더 준다."는 속담을 자주 듣게 된다. 사실 회사에 입사한 이상 누구나 다 아는 상위 10%, 하위 10% 제외하면 나머지 사람들의 실력은 거의 비슷하다. 선발의 문턱에서 간발의 차이로 결정되는데 그 간발의 차이는 이때껏 보여준 실력, 성과보다 인간적인 어필이 먹힐 때가 많다. 그것이 적극적인 의지이든, 인정에의 호소이든 상관없이 말이다.

학교에서처럼 난 포인트를 다 채웠으니, 자격 요건은 다 갖추었으니 당연히 선발되겠지 라고 생각하면 밀려난다. 자존심 상하게 어떻게 저런 말을……, 라고 생각하면서 입 밖으로 꺼내지 않으면 리스트에서 빼도 된다고 생각한다.

사실 여자들은 자신의 요구를 입 밖으로 꺼내는 것에 대해 꺼려하도록 교육을 받아왔다. 이 말을 하면 남들이 어떻게 생각하는지 내 이미지가 어떻게 받아들여질지 먼저 고민한다. 그건 보통 직장 여성 뿐 아니라 할리우드 최고의 스타이며 2015년 이래로

세계에서 가장 높은 개런티를 받는 여배우인 제니퍼 로렌스도 마찬가지이다.

소니 픽처스의 시스템이 해킹됐을 때, 내가 동료 남자 배우들보다 적은 출연료를 받아왔다는 사실을 알게 됐다. 나는 소니 픽처스에 화가 나지 않았다. 내 자신에게 화가 났다. 내가 일찍 포기했기 때문에 그들과의 협상에서도 실패한 것이다. 솔직히 두 편의 프랜차이즈 영화('엑스맨'과 '헝거게임')가 있었기 때문에 나는 수백만 달러를 놓고 싸우는 걸 원하지 않았다. 솔직히 나는 사람들이 나를 좋아해 주기를 원했다. 제대로 싸우지 않고, 그냥 계약하기로 결정했던 배경에 그런 이유가 없다고 하면 거짓말일 것이다. 나는 까다롭거나, 버릇없는 사람처럼 보이고 싶지 않았다. 사실 이러한 태도는 내가 몇 년째 고치려고 노력 중인 부분이다.

통계를 보니, 이런 문제를 겪는 여성이 나 혼자만은 아닌 것 같다. 우리가 이렇게 행동하는 게 사회적으로 결정된 걸까? 남자들을 '불쾌하게' 하거나, '겁나게' 하지 않는 방식으로만 의견을 드러내는 버릇이 아직도 남아있는 걸까?

나는 '사랑스러운' 방식으로 내 의견을 말하고, 남들이 날 좋아하도록 만드는 방법을 찾는 일을 그만두었다. 그냥 때려치웠다. 나와 같이 일하던 남자들이 어떻게 이야기해야 자신의 의견이 반영될지 고민하면서 시간을 허비하는 모습을 본 적은 없었던 것 같다. (그들이 어떻게 말하든) 그들의 의견은 늘 반영되니 말이다.

제레미 레너, 크리스찬 베일, 브래들리 쿠퍼는 모두 (회사와) 싸워서 자신을 위한 계약을 따내는 데 성공했다. 그들이 사나운 태도로 협상을 했다는 점에 대해 아마도 사람들은 전략적인 행동이었다며 칭찬했을 거라 확신한다. 나는 버릇없어 보일까 봐 걱정하며 내 정당한 몫도 받지 못했는데 말이다.

다시 한번 말하는데, 이게 내 버자이너와 아무 상관없을지도 모르지만, 소니의 어느 프로듀서가 협상 중인 여배우를 '버릇없는 녀석'이라고 했던 이메일이 유출된 걸 보면 내 생각이 아주 틀린 것 같지는 않다. 왠지 누군가가 남자에게 그런 식으로 말을 했다고는 상상하기 어렵다. (출처 : 허핑턴포스트)

물론 타고난 성향을 바꾸기란 쉽지 않다. 나 역시도 여러 차례 "김 과장은… 너무 여성스러워."라는 칭찬 아닌 비난을 받아왔고, 쌈닭이 되라는 요구도 받았지만 노력한다고 바꿀 수 있는 게 아니어서 무척 스트레스를 받아왔다. 하지만 조직 내에서 단지 여자라는 이유로 밀려나기 싫다면 나의 요구를, 나의 바람을 입 밖으로 꺼내보자.

개인 면담을 신청해서 이번에 진급 케이스니 열심히 하겠다, 성과 낼 수 있는 일을 달라, 해외 출장가고 싶다, 나도 절박하게 일을 한다는 것을 표현해야 한다. 말해도 받아들여지지 않는 경우가 많은데 말하지 않으면 무시당하기 십상이다.

기회가 금방 오지 않을 수 있다. 하지만 최소한 나를 그들 마음대로 기회에서 빼버리고 함부로 밟아도 된다는 암묵적 동의는 허락하지 않았음을 보여주는 것으로도 나타날 것이다.

07. 역사에서 배우는 조직 생활 속 정치

학창 시절, 아버지는 회사를 다니고 계셨다. 내 기억 속 아버지는 사극과 뉴스를 즐겨 보셨는데, 나에겐 참으로 지루하고 재미없는 프로그램이었다. 아버지가 집안에서 리모컨 통제권을 가지고 계시니 TV를 보려면 아버지 옆에 앉아 프로그램을 함께 봐야 했는데 그 시간이 참 고역이었다. 「조선왕조 5백년」, 「용의 눈물」 등 하품을 참으며 봤던 기억이 아직도 난다. 뭐가 그리 재미 있으셨는지.

시간이 흘러 내가 그 당시 아버지 나이가 되었다. 이제는 이해가 된다. 왜 아버지가 사극을 좋아하셨는지. 역사는 반복되고 조직 내 정치는 조선 시대 정치와 별 다를 바가 없다는 것을 알게 되었던 것이다.

초등학교 시절 가장 먼저 배웠던 시조가 바로 〈하여가〉와 〈단심가〉이다. 외우기 시험도 쳤던 것 같다. 〈하여가〉는 이방원이 정몽주에게 고려 왕조에 대한 절개를 굽힐 것을 권유하면서 먼저 던진 시 한 수이다.

이런들 어떠하리 저런들 어떠하리
만수산 드렁칡이 얽혀진들 어떠하리
우리도 이같이 얽혀져 백 년까지 누리리라.

여기에 대한 정몽주의 화답은 바로 〈단심가〉다.

이 몸이 죽고 죽어 일백 번 고쳐 죽어
백골이 진토 되어 넋이라도 있고 없고
임 향한 일편단심이야 가실 줄이 있으랴.

입에 착 붙는 라임으로 지루하지 않게 외웠지만, 이방원은 왜 정몽주를 죽일 수밖에 없었는지 오랫동안 궁금했다. 왜 끝까지 설득하지 않았을까? 초등학생의 지적 수준에서는 이해할 수 없는 부분이었기에 그냥 이방원은 역사 속 잔인한 사람이라고 여기고 넘겨버렸다.

최근의 조직개편 움직임을 보면 몇 십 년 전 이해하지 못하고 넘겨버린 이방원의 행동, 결정에 대해 이해가 간다. 거의 흡사한 경우를 지금 겪고 있기 때문이다.

한때 같은 그룹 안에서 동일한 직책을 가진 파트장 두 사람이 있었다. 바로 윤 부장과 손 부장. 윤 부장은 10명, 손 부장은 15명의 파트원을 이끄는 리더였는데, 윤 부장은 그 당시 그룹장과 팀장의 총애를 받고 있었다. 윗분들은 윤 부장이 보고할 때 서울대 박사 출신이어서 논리적이고 기술적 깊이가 있다고 생각하는 반면 손 부장에 대해서는 공대 출신이 아니어서 잘 알지도 못하면서 말만 번지르르하게 한다고 받아들이고 있었다.

시간이 흘러 조직개편으로 팀장이 바뀌고, 손 부장이 윤 부장보다 먼저 상무로 진급하면서 그룹장을 맡게 되었다. 한때는 윤 부장과 손 부장이 동일 레벨의 파트장이었지만, 이제 윤 부장은 손 상무 아래로 들어가게 된 것이다.

손 상무가 그룹장이 되자마자 가장 먼저 한 일은 바로 윤 부장의 파트장 직책을 빼앗아 버리고 새로운 사람을 파트장으로 세운 것이다. 사실 이런 파트장 교체는 이례적인 일이다. 임원이 되면 업무 범위가 넓어지면서 기존에 경험이 없던 일도 담당하게 되므로 대개의 경우 기존 파트장을 통해서 기존업무를 지속 진행하도록 하기 때문이다.

객관적으로 드러나는 이 사실을 통해서 손 상무와 윤 부장은 서로 성향이 맞지 맞고 예전부터 의견 충돌이 있었음을 그리고 손 상무가 윤 부장을 계속 견제해 왔음을 짐작할 수 있었다. 그리고 손 상무가 좀 더 권력과 지위를 가지게 되자 불편한 존재는 가장 먼저 제거해버렸다. 함께 일하는 것을 겪어보기도 전에, 대립과 갈등이 있기도 전에, 지레짐작으로 결정을 한 것이다. 손 상무에게 새로운 조직을 잘 이끌어보리라 기존의 조직원들과 으쌰으쌰 결의를 다지는 아름다운 모습은 없었다.

비록 이방원이 정몽주에게 했던 것처럼 살해를 한 것은 아니지만 손 상무는 윤 부장의 직장생활에서의 목숨을 제거한 것과 별다를 바 없다. 나와 의견이 다르고 성향이 다른 불편한 존재는 초반에 없애버리는 것, 비정한 리더의 전형적인 단면이다.

머리 아픈 조직 내 정치, 역사를 다시 공부해야 하는 이유가 바로 여기 있다. 나는 적을 만들지 않았지만 조직 내 역학적 관계에 의해 나를 적으로 여기는 사람이 있을 수 있다. 그 전 팀장은 윤 부장을 서울대 박사 출신이라고 좋아했지만 손 상무는 축출해야 할 경쟁자로 여긴 것이다.

누군가 나를 경쟁상대로 여겨 내 길을 막는다면 시대가 바뀔 때까지 바짝 엎드려 기다려야 한다. 풍양 조씨와 안동 김씨가 세도 정치를 하던 시기, 흥선 대원군은 상갓집 개라는 별명을 가질 정도로 건달 짓을 하고 굴욕적인 행동도 서슴지 않고 야심 없는 인물 행세를 한다. 안동 김씨 세력들이 유력한 왕의 후보들을 역모의 혐의를 만들어 귀양 보내거나 죽이기도 했기에 선택한 방법이었다. 흥선 대원군 말고도 역사 속에는 후일을 도모하며 현재 잠시 웅크리는 경우를 수없이 찾을 수 있다.

조조에게 의탁하고 있을 때 채소를 직접 가꾸거나 천둥소리에 놀라 젓가락을 떨어뜨리며 겁먹은 연기를 한 유비 이야기부터 자신의 진짜 야심을 숨기고 철저히 권력에 찌든 팔불출 선비 행세를 하면서 눈을 피해 동지들을 끌어 모은 정도전까지.

서양에서도 사례를 찾아볼 수 있다. 다윗 왕이 적진에서 싸우다가 패배하고 적들에게 쫓기게 되었는데, 적에게 포위된 상황을 돌파하기 위해서 일부러 미친 척을 했고, 그 결과 적들이 "우리가 쫓던 다윗이 저따위 X신일 리가 없어."라고 생각하고는 다른 데로 몰려갔다는 것이다.

조직은 생명이 있는 유기체와 같아서 늘 변화하고 움직인다. 지금은 손 상무가 기세등등하지만 또 언제 어떻게 상황이 바뀔지는 아무도 모른다. 윤 부장은 지금 잠시 괴롭겠지만 역사 속 인물을 교훈 삼아 후일을 준비하는 지혜가 필요하다.

08. 학력보다는 열정, 열정보다는 충성심

지난 직장생활을 돌이켜보면 정말 운이 좋게도 대리, 과장, 부장 등 매번 승급의 시점에서 진급에서 누락된 적이 한 번도 없었다. 임원 승진은 그야말로 하늘이 정해주는 일이기에 논외로 두고 직원 레벨에서 승진 누락이 없는 것만큼 큰 기쁨과 보람이 있을까 싶다. 그리고 승급의 과정을 겪고 보니 조직 생활에서 필요한 것이 무엇인지 또한 과거의 내가 왜 부장한테 차별과 불평등한 처사의 희생양이 되었는지 그 모든 것이 이해가 되는 계기가 되었다.

사실 나는 지방대 학사 출신이라는 평범한 스펙을 가지고 있기에 부장이 되리라고는 전혀 기대를 하지 않았다. 왜냐하면 서울대 / 석박사/ 해외 MBA 출신 등 나보다 훨씬 똑똑하고 능력 있는 사람들이 진급에서 미끄러지는 것을 매년 보아왔고, 특히나 부장 진급은 남녀 관계없이 어려운 일임을 알고 있었기 때문이다.

게다가 나는 양가 부모님의 도움은 1도 받지 못하고 이모님 복도 없는 독박 워킹맘이 아닌가. 해외 출장은 1년에 한 번, 길어봤자 일주일이라 어떻게 소화했지만 갑자기 소집되는 4~5시 회의는 거의 참석하지 못해서 시간 조정이 필요했고 회의가 5시 반이 넘어가면 중간에 몰래 일어나야 했다.

　시간에 맞춰 아이를 픽업하러 퇴근해야 하고 주중 야근이나 주말 특근도 녹록치 않으니 그 누구보다 핸디캡을 가지고 있는 상황이었으니 내가 쟁쟁한 경쟁자를 제칠 수 있으리라고는

　생각을 안했던 것이다. 그 과정을 겪고 보니 회사 생활을 차지하는 구 할은 실력도 아니고, 성과도 아님을 알게 되었다. 바로 조직에 대한 충성심이 대부분이다.

　예전에는 조직에 대한 충성심을 부정적으로 생각했다. 그저 성공을 위해 윗사람에게 딱 붙어서 간도 쓸개도 다 빼놓고 자신의 가치관에 반하는 일이라도 기꺼이 하는 것, 딸랑딸랑 아부하는 것이라고 생각했기 때문이다. 하지만 돌이켜보면 조직에서 필요로 하는 충성심이란 우리가 흔히 생각하는 간신이 아니라 상대 즉 상사와 조직을 생각하고 배려하는 것이다.

　대리 시절, 예전 부장은 임원이 해외 출장을 가면 바로 비공개 회식, 즉 번개를 소집했다. 꼭 본인이 좋아하는 메뉴와 본인이 좋

아하는 장소로 일방적으로 잡고 공지하 $\quad$ *** 무두절 : 두목이 없는 기간, 즉 임원**
는 것이라 그것이 참 싫었다. 나 역시도 $\quad$ **의 해외출장 등으로 부재하는 기간을**
$\quad\quad\quad\quad\quad\quad\quad\quad\quad\quad\quad\quad$ **의미한다. 방학이라고 하기도 한다.**
무두절*을 여유롭게 즐기고 싶고, 회사

에서 얼굴 보는 것만으로도 충분한데 굳이 또 봐야 하나 싶었던
것이다. 비공개 회식이니만큼 전원 필참은 아니고 가능한 사람만
오라고 했지만 부장은 자신이 주최한 번개에 누가 오는지 은근히
체크하는 눈치였다.

부장과 친하지 않았던 나는 번개에 거의 참석하지 않았다. 그
당시 나는 양재에 살고 있었고, 부장이 번개 장소로 양재 명물인
영동족발을 지정하여 나보고 꼭 참석하라고 했지만 "부장님, 저
약속이 있어서요 호호~"하고 가뿐하게 웃어넘겼다.

특별한 약속도 없고 집에서 혼자 TV보고 쉴지언정 번개는 가
고 싶지 않았고, 그 본심을 숨기지 않고 드러냈다. 지나고 보니 번
개에 꼬박꼬박 불참하는 사람은 나였고, 부서 내 다른 여사우 두
명은 항상 참석했는데 그 중 한 명은 특진을 한 사람이었다. 우연
의 일치일지 몰라도 부장의 신임을 받는 사람들은 번개에 거의
100% 참석, 아웃사이더들은 참석하지 않는 분위기였다.

그리고 또 다른 에피소드. 그 당시는 왜 그렇게 갑자기 보고가
잡히는 게 많은지 그에 따라 보고 자료도 급작스럽게 만들어야 하
는 일이 많았다. 그 당시는 달리는 기차의 바퀴를 바꾼다고 했으니

조직 문화 자체가 앞날을 내다보지 않고 닥치는 대로 해결하는 그런 분위기였다. 보고자료 작성을 위해 명절/연휴 전날, 또는 토요일 오후 예고 없이 지금 출근할 수 있냐고 문자가 오곤 했다.

아무래도 회사가 수원에 있다 보니 수원에 거주하는 사람 위주로 연락을 했는데 그게 참으로 싫었다. 주말 출근을 해야 하면 미리 알려주지 왜 개인 일정 다 흐트러지게 갑자기 연락 와서 지금 당장 올 수 없겠느냐고 물어보는 것 자체가 무척 짜증이 났던 것이다. 그래서 그런 연락에는 아예 문자에 응답하지 않을 때가 많았다. 내 담당업무도 아니고 엄청 긴급하고 중요한 업무처럼 연락 왔지만 막상 그 다음 주 월요일 출근하여 회사를 가보면 별 일 아닌 경우가 많았기 때문이다. 그 연락이 싫어서 수원을 떠나 양재로 이사할 정도였다.

하지만 그 반면 이런 상황에도 꼬박꼬박 출근해서 부장의 요구를 대응해주는 사람도 있었다. 그 역시도 좋은 고과를 받았고 MBA 지원 시 부장이 적극 어필해줬던 사람이다.

상사라고 항상 인격적으로 훌륭하고 다른 사람을 배려하고 직원들에게 공정한 기회를 주는 것은 아니다. 그도 나와 같은 평범한 인간일 뿐이다. 밥 같이 먹자는데 거절당하는 것에 대해서 은근히 기분 나쁘고, 도와달라고 했을 때 얼굴 구기지 않고 흔쾌히 도와주는 사람에 대해 호감과 고마운 마음이 생긴다.

그리고 그렇게 차곡차곡 쌓였던 작은 감정과 마음들은 승격과 교육의 기회를 누구에게 분배하느냐 결정해야 할 때 영향을 끼친다. 내가 매번 기회 앞에서 좌절하고 찌그러졌던 것은 평소 부장에게 어필하지 못한 탓도 컸다. 그 어필은 실력, 성과가 아니라 번개 참석, 나와서 도와달라고 손 내밀었을 때 거절했던 그 작고 소소한 일에서도 영향을 받게 된다.

그런 대리 시절을 거쳐 과장이 되니 리더의 고민이 보이기 시작했다. 그 전에는 조직 관리는 부장이 하는 것이지, 내 일이 아니라고 여겼고, 회사가 잘 되던 부서가 잘 되던 말든 나와 관계없는 일이었다. (나는 회사를 그만두면 끝이니까)

하지만 어느 순간부터 주말에 연락하는 부장의 마음이 이해되기 시작했다. 오죽 답답하고 급했으면 주말에 연락을 했을까. 연락하는 사람 마음 역시도 편치 않다는 것을 느끼기 시작했다. 그래서 그런 문자가 오면 가능한 회사로 달려갔고 부득이하게 참석하지 못하는 상황이면 회신을 꼭 남겼다. 업무 지시를 할 때도 부장의 피드백을 곧이곧대로 받아들이는 것이 아니라 이렇게 해보는 게 어떨지 나의 의견도 조심스레 펼쳐 보았다. 부장이 참석해야 하는 회의가 있으면 10분 전에 리마인드를 주고, 일정이 바쁠 때는 데드라인이 있는 일에 대해 전체 스케줄을 간단하게 브리핑

해주었다. 비록 5시에 퇴근하더라도 일이 생기면 7시에 다시 돌아와 1시간이라도 문서 작업하는데 도움이 되고자 했다.

충성심이란 '너는 너, 나는 나'가 아니라 '우리는 한 배를 탄 동료'라는 마음이다. 사람마다 노의 크기는 차이가 있을지언정 그래서 한 번에 물을 퍼내는 양과 전진하는 속도는 다를지언정 성실하게 노 젓는 사람과 자신의 실력을 믿고 대충 노 젓는 사람은 드러나게 마련이다.

김승호 회장의 『김밥 파는 CEO』에서도 충성심에 대한 동일한 메시지를 확인할 수 있다.

사장이라는 자리는 자신의 이익을 위해 직원을 고용하거나 승진시킨다. 능력이 많은 직원은 생산 비용에 비해 고용 비용이 많이 들거나 대부분 쉽게 이직하는 경향이 있다. 능력이 아주 뛰어나면서 열심히 일하고 이직도 하지 않는다면 사장을 상대로 흥정과 협상을 시도하기도 하며, 동료나 부하직원을 꾀어 한꺼번에 창업에 나서거나, 단체로 이직을 하게 하기도 한다.

주식으로 말하면 오를 대로 오른 주식이다. 이런 이유로 사장 처지에서는 능력 있는 직원보다는 충성심 높은 직원이 효율적 이익을 발생시킬 수 있음을 알게 된다.

또한 열정을 가진 직원들은 무슨 일이든 거부하거나 위축되지 않고 흥미를 보이며 배워나간다. 열정은 다른 직원들을 감염시켜 사업에 활기를 불러일으킨다. 한창 상승세를 받아 열심히 올라가는 주식에 비유된다.

그러나 열정이 많은 직원에게 능력이 생기기 시작하면 그 다음엔 역시 두 가지 길을 걷는다. 사장이나 회사에 충성심을 계속해서 유지하는 사람과 자신의 능력을 무기로 회사나 사장의 권위에 도전하는 사람이다. 이들 중에 어떤 이는 사장과 회사를 혼동한다.

"이 일은 회사를 위하는 일이다"라고 자신하며 사장의 권위에 도전한다. 이때 사장이 할 수 있는 일이란 두 가지다. 회사에 막대한 이익을 발생시키는 이 직원을 자존심 죽여 가며 동업자로 받아들이고 원하는 조건대로 해줄 것인가, 아니면 해고를 시킬 것인가? 그러나 충성심이 보장되지 않는 직원을 동업자의 위치로 올려놓았을 때 그 욕심이 자신의 전체 사업에도 다다르게 될 수 있다는 것이 염려가 되는 사장은 대부분 해고를 결심하게 된다. 따라서 사장의 입장에서는 학력보다는 열정, 열정보다는 충성심을 찾아 직원을 고용하고 승진시킨다. 이 단순한 원리를 알아 챈 사람은 회사 내에서 계속 승진하게 되는 것이다.

결국 회사에서 롱런하는 사람은 충성심을 갖춘 사람이다. 롱런하고 싶다면 충성심은 반드시 염두에 두어야 한다.

PART 4

워킹맘

남직원도 여직원도 아닌
제 3의 성

01. 넘어진 김에 운동화 끈 묶고 가라

여성이 직장생활을 하는 동안 세 번의 위기가 찾아온다고 한다. 결혼, 출산 그리고 자녀의 초등학교 입학이 그것인데 나에게는 출산이 가장 큰 위기였다. 다행히 내가 다니는 회사는 모성보호 제도를 잘 지키는 회사 중 하나로 출산했다고 퇴직을 강요하는 일은 없었다. 다만 내가 겪은 임신과 출산 과정이 나 스스로가 커리어에 치명적이고 남들보다 한참 뒤처져 회복이 힘들지 않을까 생각했다.

회사를 다니며 3차례 진행했던 시험관 시술은 모두 실패로 끝났다. 천만 원이 넘게 드는 시술비, 반복되는 호르몬 주사, 각종 시술과 수술, 실패했을 때 그 상실감은 경제적 부담 뿐 아니라 몸도 마음도 너무 지치게 만들었다.

한의원에서도 이 상태로 시술 받아봐야 아무 소용없다며 휴직을 제안했다. 3개월 진단서를 끊어주었고 그것을 기반으로 병가와 휴직을 신청했지만 회사에서는 받아들여지지 않았다. 진단서에 적힌 "요양이 필요함" 이 문장은 출근을 못할 사유는 아니라고 결정한 것이다. 그것으로 인한 또 한 번의 좌절. 더 이상 회사를 다니면서 시술은 받을 수 없다고 생각하니 아이를 포기하고 딩크(Double Income No Kids)로 사느냐 vs 일하는 것을 포기하고 아이 만들기(?)와 낳고 키우기에 전념하며 사느냐 결정의 기로에 서게 되었다.

평소 "직장 따윈 언제든지 때려치울 수 있어"라고 입버릇처럼 말했지만 10년을 다녔던 회사를 내 의지와 관계없이 상황에 의해 그만둔다는 것도 내키지 않았다. 둘 중에 하나를 선택하겠다는 고민은 몇 달간 지속되었다.

마음의 결정을 내리지 못하며 남편과는 이혼하니 마니 전쟁같이 싸우는 와중에 정말 나를 위해서 만든 것처럼 난임 휴직 제도가 생겼다. 시험관 시술을 요한다는 의사 소견서만 제출하면 3개월부터 최대 1년까지 휴직이 가능해진 것이다. 휴직은 3개월 단위로 연장할 수 있고 임신하면 자동적으로 종료되는 그런 제도였다. 이제 스트레스 없이 마음 편하게 시술에만 집중하면 되는데 기쁜 마음 한구석에는 무시할 수 없는 작은 돌멩이가 하나 생겼다.

난임 휴직 1년, 출산휴가 3개월, 육아휴직 1년 도합 2년 넘는 공백. 남들 모두 달려가는데 같이 발맞춰 뛰어도 뒤처지지 않을까 염려하는 상황에 아예 주저앉아버리면 과연 나는 다시 일할 수 있을까 하는 생각에 앞날이 보이지 않았다. 혹시나 하는 마음에 다른 회사 인사팀에서 일하는 친구에게 물어보았지만 역시나 나 같은 경우를 아직 보지 못했고 대부분 퇴직하더라는 도움 되지 않는 답변을 받았을 뿐이다. 게다가 난임 휴직이 새로 생긴 제도이고 내가 그 제도를 사용하는 첫 번째 케이스이다 보니 은근히 뒷말하는 사람도 있었다.

모든 것을 고려하기엔 너무 복잡하고 또 아직 불확실한 것이 많았다. 어쨌든 회사가 그만두라고 하지 않으니 휴직을 먼저 쓰기로 하고 나머지는 나중에 고민해보기로 했다.

휴직을 하니 회사 다닐 때보다 자유시간이 많이 생기긴 했지만 그렇다고 딱히 자기개발을 하거나 시간을 유용하게 보내기가 쉽지 않았다. 병원이 집에서 한 시간 거리에 있었는데, 예약을 해도 대기가 길었다. 시간 맞춰서 맞는 주사가 호르몬 주사여서 몸 컨디션이 내 뜻대로 조절되지 않고 무기력해서 낮잠 한숨 자고 일어나면 하루는 금방 가버렸다.

약물에 반응하는 내 몸의 변화에 따라 다음 병원 방문 날짜와 시술 날짜가 잡혀서 당장 한 주 앞을 예측하는 것도 쉽지 않았다. 시간이 나면 배우고 싶은 것, 자격증 따고 싶은 것은 많았는데 병원 스케줄에 맞추자니 무엇 하나 할 수 없었다. 시간은 있으나 집과 병원 밖을 벗어날 수 없고 혼자의 몸이나 내 몸을 마음대로 쓸 수 없는 그런 상황. 어떻게 보면 감옥에 있는 것과도 비슷했다.

내게 주어진 시간, 짧게는 3개월, 길게는 1년 그 시간 동안 무엇을 할까. 고민의 끝은 바로 책을 쓰는 것이었다. 어렸을 때 품었지만 삐져나올까 봐 꾹꾹 눌러 담았던, 남들이 비웃을까 봐 꽁꽁 숨겨놨던 내 소중한 꿈과 마주하게 된 것이다. 그 꿈을 품자마자 감옥 같던 집이 바로 훌륭한 서재가 되었다.

하루 대부분이 쪼개지는 자투리 시간이었는데 책을 쓰기 시작하자 지루할 틈이 없었다. 그렇게 책 쓰기로 스스로를 위안하며 시험관 시술을 하자 한 번 만에 아기 천사가 찾아왔다. 임신 소식을 회사에 알리니 일단 복직을 하고 혹시 더 쉬고 싶으면 다른 휴가로 바꿔야 된다고 했다. 힘들게 찾아온 아기 천사인 만큼 임신 초기 유산을 조심해야겠다 싶어 출산휴가 90일 중에서 한 달을 당겨서 썼다. 한 달 동안 대부분의 시간은 누워서 보냈고 잠깐 책상에 앉아 있을 때는 책을 썼다.

그리고 한 달 뒤에 복직했다. 난임 휴가 3개월, 출산휴가 1개월, 총 4개월을 쉬고 복직했는데 4~5개월 이후 또 출산휴가와 육아휴직에 들어가는 여사원. 스스로 생각해도 월급 루팡이나 잉여 인간이 아닌가 싶을 정도였다. 바쁜 동료에게도 미안하고 빨리 퇴근하기에도 눈치가 보였지만 상황이 상황이니 만큼 내가 새로운 업무를 담당하거나 한사람의 역할을 수행할 수가 없었다. 예전부터 하던 업무인 트렌드 리포트 발행 업무만 담당하고 나머지는 복직 후 내 역할을 다하겠다고 다짐하고 퇴근 이후에는 계속 책을 썼다.

그렇게 글쓰기로 태교를 하니 출산 전에 두 권의 책을 출간했고, 만삭일 때 잡지사 인터뷰를 시작으로 아이 백일 무렵부터 강의를 하기 시작했다. 짬짬이 블로그도 운영했다.

사실 산후조리부터 백일까지는 감옥 생활이나 다름없다. 두 시간마다 젖먹이고 트림시키고 아이 옷이랑 이불, 손수건, 속싸개 빨래를 하면 잠 잘 시간마저 부족하다. 하루 종일 수면바지 차림에 세수는커녕 양치만 겨우 하고 머리는 일주일에 겨우 한 번 감을 수 있었다. 그런 쪽잠의 시간이 지나 아이의 수면시간과 수유 간격이 4~5시간 간격으로 길어졌다. 이때가 산후 우울증이 올 타이밍이다. 나는 여기서 뭐하고 있나, 하루 종일 밥도 제대로 못 먹고 사람과 대화도 못하고 집안에 갇혀 세상과 고립된 느낌. 아이가 운다고 창밖으로 던져버렸다는 기사 속 비정한 엄마가 이해가 되는 그 심정……

그 타이밍에 강의 요청이 들어오니 우울할 틈이 없었다. 일주일에 단 하루지만 화장을 하고 예전에 입던 정장을 입고 구두를 신고 집을 나서는 것. 나를 누구엄마가 아닌 작가님, 강사님으로 불러주는 사람이 있다는 것만으로도 생활의 큰 활력이었다. 그렇게 아이를 15개월까지 키워놓고 복직했다.

복직한 이후 알게 된 사실은 출산휴가만 쓰던, 출산휴가 - 육아휴직을 하던, 난임 휴직 - 복직 - 출산휴가 - 육아휴직을 하던 상사들의 인식은 똑같이 출산 후 복직한 여사원이었다. 짧게 쉬었다고 그것을 더 인정해주는 것도 아니고 오래 쉬었다고 불리하지도 않았다. 어차피 제로 베이스에서 다시 시작하는 것이며 휴직 전의 성과는 리셋되고 복직 이후 어떻게 하느냐에 따라 달렸다는 것.

내가 첫 난임 휴직을 쓸 때 과연 다시 일할 수 있을까, 복직할 수 있을까 걱정했지만 지금의 나는 여전히 회사를 다니고 있다. 커리어에 있어 가장 큰 정체기라고 여겼던 시기에 새로운 시도와 도전을 해보았고 꿈을 이룰 수 있어 기쁘다.

인생에 있어 출산이 큰 기쁨이고 육아는 보람이지만 커리어차원에서는 걸림돌이 되기도 함은 어쩔 수 없는 사실이다. 여자라면 한 번쯤은 달리고 싶어도 달릴 수 없고 엎어지는 시기가 온다. 엎어진 김에 쉬었다 갈 수도 있지만 운동화 끈을 묶었다 갈 수도 있는 것이다. 단단히 끈을 묶는다면 엎어진 것을 새로운 도약의 기회로 삼을 수 있을 것이다.

02. 초보 워킹맘을 위한 마음가짐 3가지

새내기 워킹맘 시절의 어려운 점을 꼽으라고 하면 처음 접하게 되는 일과 육아의 양립이다. 집에서 엄마로서의 역할과 조직의 일원으로도 역할을 동시에 해내야 한다는 것은 결코 녹록치 않은 일이다. 나는 10년을 꽉 채워 일을 한 후 아이를 낳았기에 출산과 육아로 휴직했던 기간은 전체 일한 기간 중 10% 정도에 불과했다. 그럼에도 불구하고 워킹맘으로서 다시 일하기 시작할 땐 신입사원만큼이나 시행착오가 많고 적응 기간이 필요했다. 오롯이 '나'와 '회사일'만 생각하면 되던 시절과 달리 기다려 주지 않고 절대 타협불가한 아이가 있는 '엄마'인 상태에서 일할 때는 상황이 완전 다르기 때문이다.

회사에서의 퇴근은 집으로의 출근을 의미했고 아침에 급히 빠져 나온 집은 그야말로 폭격 맞은 전쟁터였다. 아이는 배가 고프다고 보채고 집안 곳곳에 설거지 거리와 빨래, 쓰레기는 넘쳐났다. 아이 밥 해먹이고 씻기고 잠깐 놀아주다가 재우고 나서 집안일을 했다. 밤 12시까지 빨래를 개거나 새벽 5시 반에 일어나 설거지를 하는 날이 점점 늘어났다. 회사에서는 아이 알림장 확인하면서 준비물 챙기랴 인터넷으로 장보랴 바빴고, 집에서는 다 끝내지 못한 회사일이 떠올라 마음이 편치 않았다. 누적되는 피로로 남편과 아이를 향한 짜증과 버럭 소리 지르는 일이 늘어나는 시점에 현타가 왔다. '내가 무슨 부귀영화를 누리려고 이 고생을 하나……'

워킹맘이 된 이상 모든 것을 혼자 다 해낼 수 없다. 가사, 육아와 일을 49와 51 사이에서 늘 아슬아슬하게 외줄타기를 하며 밸런스를 맞춰야 한다. 그러기 위해서는 기본원칙을 기억하고 있으면 잠깐 흔들리다가도 다시 중심을 찾을 수 있다. 다음은 초보 워킹맘의 현타 방지를 위한 마음가짐 3가지.

첫째, 맡겨라

워킹맘이 된다는 것은 살림과 육아를 다른 사람에게 맡겨야 한다는 것을 기본 전제로 깔고 있다. 최소 하루 8시간은 조직에서 일을 하기 때문에 부모님의 도움을 받든, 베이비시터를 쓰든 어린이집을 보내든 육아의 대부분은 다른 사람에게 맡기게 된다.

복직을 앞두고 전일 베이비시터 이모님을 고용하면서도 아이 먹거리만큼은 계속 내 손으로 만들어 먹이고 싶었다. 내가 정성껏 만든 이유식을 아이가 밥그릇 싹싹 비워서 먹을 때 그 모습이 얼마나 예쁜지, 또 내 마음은 얼마나 뿌듯한지. 그 보람과 희열이 마음속에 남아 있었기에 아이에게 엄마의 정성 하나만은 남겨주고 싶었기 때문이고, 파는 것에는 무슨 재료가 들었는지 알 수도 없다는 불신도 있었다. 하지만 한정된 시간 내에서 예전처럼 살림을 내 손으로 하는 것을 고수하자니 쌓이는 것은 피로요, 부족한 것은 아이와 함께하는 시간이었다.

먹는 게 중요한가, 아이와 함께하는 시간이 중요한가. 결국 배달 이유식과 반찬을 뚫게 되고, 집안일 신세계 문물 3종 세트(식기세척기, 건조기, 로봇청소기)도 들이며 주 1회 방문 가사도우미도 맞이하게 되었다. 일단 집안일이 주는 소소한 스트레스가 줄어들자 나도 마음의 여유가 생겼고 아이와 함께하는 시간을 더 늘릴 수 있었다.

둘째, 나눠라

워킹맘이 되면 집집마다 집안일로 신랑과 싸우는 경우가 많다. 똑같이 일하는데 너는 왜 집안일을 나만큼 안 하느냐라는 이슈로

왈가왈부하다가 결국 엑셀로 집안일 업무 분장표를 만들기도 한다. 감정싸움까지 갔다가 엑셀을 그리느니 애초부터 분명하게 나누면 어떨까.

컴퓨터 공학에는 Divide & Conquer라는 용어가 있다. 분할정복이라는 의미로 전체 업무를 대상으로 개념적인 상위수준에서 점차적으로 세분화해나가는 방식이다. 즉 일의 단위를 더 이상 나눌 수 없는 수준까지 잘게 쪼개는 것인데 그렇게 나누면 역할을 정하기가 쉬워진다.

집안일도 빨래, 청소, 요리, 육아 등 큰 덩어리의 카테고리를 4, 5개의 프로세스로 잘게 나눌 수 있다.

빨래 = 색깔, 재질별로 분류하기 + 세탁하기 + 건조하기 + 개키기
    + 옷장 안에 넣기
설거지 = 그릇 씻기 + 음식쓰레기 버리기
요리 = 식단 구상하기 + 장보기 + 야채 다듬기, 썰기 + 조리하기
    + 뒷정리
청소 = 정리하기 + 청소기 돌리기 + 걸레질하기 + 쓰레기 비우기

이렇듯 집안일도 작은 단위의 프로세스를 나눠서 할 수 있다. 시간을 누구보다 효율적으로 써야하고 한 번에 여러 일을 해야

하는 경우라면 최대한 잘게 나누어 들이는 시간과 노력을 줄이는 게 필요하다. 집안일을 작은 단위로 나누는 것은 도우미가 있더라도 필요한 일이기에 꼭 해보길 바란다.

셋째, 미뤄라

배우자/부모님과 극적으로 R&R*을 나누었다면 자신의 역할이 아닌 것은 견

> * R&R(Role & Responsibility) : 직책/직위에 따른 임무

뎌내야 한다. 엄마라면 기본적으로 집안일에 대한 책임감을 장착하기 때문에 다른 가족 구성원이 하지 않을 일을 발견하면 잔소리를 하고, 지적하고 시키느니 직접 하는 경우가 많다. 그러면 안 된다. 당신은 남편의 엄마가 아니고 육아와 살림을 함께해야 할 동반자이자 배우자다. 이는 스스로 피로와 스트레스를 가중시키는 일이다. 절대 솔선수범 나서지 말고 참고 견디고 미뤄야 한다.

남편이 설거지 담당인데 설거지를 하지 않았으면 설거지를 할 때까지 일회용 그릇을 쓰면서 좀 버텨 보자. 화장실에 물곰팡이가 피어도 좀 참으면 된다. 빨래를 안했으면 세탁기에서 꺼내 입든지, 새 속옷을 사 입든지 하고 신경을 쓰지 않는 것이 좋다. 구겨진 셔츠를 입는 사람은 당신이 아니라 자기 역할을 하지 않은 배우자이다. 설거지를 하지 않으면 물 마실 컵이 없고, 빨래를 하지 않으면

입을 옷이 없다는 것을 스스로 느끼고 깨달아야 행동으로 움직이게 된다.

스스로 집안일을 어깨에 짊어지지 마라. 당신은 그 일 말고도 할 일이 훨씬 많다. 상대가 하지 않은 일을 자원해서 도맡지 말고 역할 분담을 다시 하면 된다. 배우자가 끝까지 하지 않는다면 결국 아웃소싱이다.

맡겨라, 나눠라, 미뤄라 이 3대 원칙을 요약하면 '집중하라'로 말할 수 있다. 아이와 함께하는 시간에, 엄마의 행복에 집중한다면 워킹맘으로 보내는 시간도 행복할 것이다.

03. 인프라 구축에 힘써라

친구들 중 가장 먼저 출산을 하고 워킹맘이 된 P양이 있다. 나를 포함하여 미혼인 친구들에게 해준 조언이 있는데 바로 육아에 필요한 것은 20평대 아파트와 50대 후반~60대 초반의 운전 가능한 건강한 할머니라는 것이다. 남편은 제 3순위라는 우스갯소리였는데, 벌써 10년도 더 전에 들은 말이지만 지금까지 공감이 가는 말이다.

워킹맘이 되는 순간 직장에서의 수명(?)은 자신의 능력이 아니라 얼마나 탄탄한 인프라를 갖추었나에 달려 있다고 해도 과언이 아니다. 인프라에 있어 가장 큰 부분은 역시 사람이다. 친정엄마 또는 시어머니가 아이를 키워주시고, 살림까지 도맡아 해주며 "회사 그만두지 말고 다닐 수 있을 때 열심히 일해라."며 격려해준다면 굳이 회사를 그만둘 이유가 없다. 본인이 아무리 출중한 능력을 갖추고 워커홀릭이라 하더라도 홀로 아이를 케어 해야 한다거나 베이비시터가 자주 바뀐다면? 출장을 가야 하는데 아이 볼 사람이 없으면 못 간다고 말할 수밖에 없다. 매일 매일이 회사를 계속 다녀야 하느냐, 그만두어야 하느냐 기로에 설 수 밖에 없다.

하지만 양가 부모님의 지원은 그야말로 타고난 복이기에 그것이 없다면 꿋꿋하게 돈으로 구축해야 한다. 일하는 시간을 제외하고 한정된 시간을 가사에 쓰지 않고 아이와 온전히 보낼 수 있도록 시간을 효율적으로 활용할 수 있는 인프라 구축이 필요하다. 시터, 도우미를 제외하고 스스로 구축할 수 있는 인프라는 무엇이 있을까.

다음은 워킹맘의 육아 살림에 추천하는 인프라들이다.

• 주말/야간진료 가능한 소아과 또는 진료를 일찍 시작하는 병원

어린이집에 가기 시작하면 아이가 자주 아프다. 콧물 - 열 - 기침의 반복으로 한 달에 대략 3주는 약을 먹게 된다. 대기 1번으로 소아과에 가더라도 진료 받고 약 짓고 등원시킨 후 출근하면 10시~10시 반. 이제 겨우 출근했는데 몸은 이미 퇴근시간이 된 것처럼 피곤하다. 아무리 유명한 소아과라도 진료 시간이 9시 반~6시면 워킹맘에겐 넘사벽이다. 집이나 어린이집 가까운 곳에 평일 저녁 8시까지 진료가능한 곳, 일요일/ 공휴일에도 방문할 수 있는 곳, 아침 8시 반부터 진료 접수 가능한 곳, 똑딱 앱으로 진료 예약을 할 수 있는 곳을 미리 알아두자.

· 반찬가게 3군데 이상

실질적으로 주중에는 요리가 어렵다. 퇴근하고 먹이고 씻기고 책 한 권 읽어줘도 밤 9시가 훌쩍 넘기 때문이다. 결국 저녁 식사는 데우기, 굽기, 상 차리기 위주로 갈 수 밖에 없고 반찬도 사먹는 것을 선택하게 된다. 그런데 반찬이라는 것이 가게마다 맛의 특성이 있고 신 메뉴가 쉽게 나오지 않기 때문에 몇 번 이용하다보면 지겨워지기도 한다. 온라인 식품몰 두 군데, 오프라인 반찬가게 한 군데 이상 알고 있어야 지겹지 않게 돌려 먹을 수 있다. 그나마 요즘은 다양한 종류의 퀄리티 높은 밀키트가 많아서 다행인 셈.

· 새벽 배송 가능한 온라인 쇼핑몰

아이를 키우기 전에는 해외에서 사는 것에 대한 로망이 있었다. 하지만 육아를 하게 되면서 특히 새벽 배송, 로켓 배송이 지원되지 않는 해외 살이는 더 이상 매력적이지 않다. 기저귀가 2~3개 밖에 안 남아 있을 때, 퇴근하고 알림장을 보는데 내일까지 준비해야 할 어린이집 준비물이 있다는 것을 알게 되었을 때, 금요일 저녁 냉장고 문을 열었는데 다음날 먹을 음식이 없을 때 등등 예전에는 배송비를 아끼기 위해 꼭 필요하지도 않는 걸 장바구니에 담으며 기준 금액을 항상 채웠지만 지금은 속 편하게 월 배송료를 내고 새벽 배송을 주문한다. 나의 시간은 배송료보다 가치가 높기 때문이다.

• 세탁 배달

주말 동안 낮잠 이불을 빨아서 월요일 보내야 하는데 장마철이면 이불이 다 마르지 않아 축축하거나 제대로 못 말려 쉰내 날 때 참 마음이 편하지 않았다. 건조기를 들이면서 날씨, 시간에 관계없이 세탁을 할 수 있으니 빨래에 대한 부담이 줄어든 것은 사실이다. 이제 비대면 서비스의 활성화로 다양한 세탁 배달 서비스도 생겨났다. 앱으로 신청하고 문 앞에서 수거, 배달이 가능하니 시간 맞춰 세탁소 들러 맡기는 수고, 다시 찾는 수고를 덜 수 있다. 집안일 중에 긴급성이 떨어지는 것이 세탁이긴 하지만 필요한 사람에게는 요긴한 서비스.

04. 오지라퍼 왕국에서 멘탈 붙들기

내가 한창 육아에 매진하고 있을 2014년~15년 즈음에 생긴 신조어가 있다. 바로 '맘충'이라는 단어다. 엄마를 줄여 말하는 '맘'에 벌레 '충'을 붙인 단어인데 이 단어를 처음 들었을 때는 너무 서글펐다. 나는 내 모든 걸 포기하고 육아를 하고 있을 뿐인데 이 사회가 나를 바라보는 시선이 벌레와 동급이라는 것에, 육아가 이렇게 하찮게 취급되는 건가 하는 생각에 참 기운 빠졌다. 하지만 그것은 오지라퍼* 왕국에 이제 막 진입하는 초보 엄마에게 드리워진 서막에 불과했다.

> * 오지라퍼: 오지랖이 넓은 사람. 남의 일에 지나치게 상관하는 사람을 이르는 말이다.

애는 안 낳냐? 애는 둘은 낳아라 하나는 외롭다, 왜 자연분만 안하고 제왕절개 했냐? 모유는 몇 개월 먹였냐? 어린이집을 왜 벌써 보내냐? 왜 아직도 어린이집을 안 보내냐? 젊은 사람이 일을 해야지 등등 유모차 끌고 나가면 낯선 이로부터 수많은 공격을 받게 되는데 그건 조직 생활에서도 마찬가지다.

조직 내에서 워킹맘에 대한 시선은 크게 3가지로 나눌 수 있다. 주로 맞벌이를 경험하지 않은 외벌이 남자 부장들의 발언이긴 하나, 연령에 관계없이 남직원들이 공통적으로 하는 말들이 있다. 어느 조직이나 1, 2, 3 유형 중 한 명씩은 꼭 있고, 1,2,3 모든 유형이 다 있는 경우도 드물지 않다.

1. 빈대형
"와 쌍끌이다~, 좋겠다~, 돈 많이 모았겠네~, 금방 부자 되겠네~ (특히 월급날이 되면) 둘이 버니까 좀 쏴!"

본인이 비록 30억이 넘는 강남 아파트를 자가로 보유하고 있더라도 매번 이런 멘트를 날리는 분 꼭 있다! 이제 막 결혼해 전세살이 맞벌이 후배 사원에게 월급날에는 기어이 커피 한잔이라도 얻어 마셔야 직성이 풀리는 스타일이다.

2. 일단 까고 보는 형
"김 과장은 안 벌어도 되지 않아? 남편이 벌잖아? 생계 책임지는 것도 아니니 쉬엄쉬엄 일해도 되겠네? 취미로 일하니까 스트레스 없고 좋겠어."

뭐, 외벌이 남사원은 100% 일하고 맞벌이 여사원은 50%만 일한답니까?

3. 팩트 폭력형

"애는 엄마가 키워야지, 이렇게 나와서 일하면 애는 누가 키워? 전업맘들이 그러는데 워킹맘 애들은 표가 난다던데~"

워킹맘의 아픈 부위를 제대로 후벼 파는 말이다.

그야말로 뒷목잡고 쓰러지게 만드는 발암유발 멘트다. 웃고 넘기자니 기분 나쁘고 정색을 하자니 갑분싸(갑자기 분위기 싸해지는)가 예상되어 불편하다. 그나마 1, 2번은 웃으며 받아치거나 못 들은 척이라도 할 수 있지, 대놓고 상처 주는 3번 멘트는……. 그리고 의외로 젊은 남자 후배들도 3번과 같은 멘트를 날리기도 한다.

여기에 어떻게 대응하는 것이 좋을까. 일단 그들의 공통적인 마인드를 이해할 필요가 있다.

그들은 맞벌이가 부러운 것이다. 한마디로 시기, 질투해서 그러는 것이다. 같은 회사니까 여직원이 얼마 버는지 빤히 짐작 가는데, 남편도 그 수준으로 번다고 생각하면 자기 빠듯한 인생에 박탈감을 느끼기 때문이다.

부러운데 솔직히 말하지도 못하는 찌질이라고 생각하자. 듣는 사람 입장 생각하지 않고 떠드는 생각 없는 사람이니까. 그리고 재미난 것은 맞벌이를 비난하던 모드였던 남자들도 와이프가 일하기 시작하면 숨통 트인다며 업고 다니고 싶다고 자랑하는 사람이 의외로 많다. 그렇다. 그들은 한마디로 열등감에 사로잡힌 찌.질.이.

찌질이들의 생각 없는 말에 너무 상처받지 말자. 어릴 때 엄마 손길 한 번 덜 가는 거 티나는 건 당연하다고 받아들이자. 남의 인생을 남의 아이의 삶을 혹은 워킹맘의 아이로 자랄 아이의 미래를 마음대로 자신의 기준으로 평가하는 사람은 그냥 이상한 사람이라 생각하고 무시하는 것이 답이다.

그런데 그 빈도가 잦아 도저히 무시할 수 없을 때, 나의 정신건강을 위해 뭐라고 한마디라도 하고 싶을 때가 있다. 그런데 이런 고민은 나만 하는 것이 아니었는지 한 육아커뮤니티에서 친절하게 상황별 샘플 문장까지 올려준 것을 발견하게 되었다. 다음 옵션 중 하나를 선택해보는 건 어떨까.

옵션 1. 농담 형

"아이고~ 조선시대로 다시 가셔야겠네요. 내일 출근할 때 상투 틀고 가마 타고 오세요. 호호 지금 시대가 어느 때인데 아직도 그런 말씀을 하시나요?"

정색하느니 웃으며 놀리듯 말하는 게 포인트다. 단, 평소에 능글스러움과 연기력이 좀 받쳐줘야 한다. 농담이 다큐로 받아들여지는 것만큼 어색한 것도 없다. AI 스피커가 책 읽듯이 했다간 적막감만 흐르고 나의 메시지는 전달되기 힘들 수도 있다.

옵션 2. 역지사지 형

"외벌이 아이들 쪼들리는 집안 경제 사정 때문에 하고 싶은 것 배우고 싶은 것 마음껏 못하는 걸 보니 참 마음이 아프다. 이런 소리 들으면 넌 어떤 기분이 들겠니?!"

옵션 3. (불쌍한 듯 오히려 위로하는) 측은지심 형

"너도 고생이 많지? 외벌이로 살아서 힘들지? 학원 보내고 싶은데 못 보내고 여행도 제대로 못가고…… 참 안 됐다."

옵션 4. 돌직구 형

"지금 나 걱정하는 거야? 아님 우리 애 걱정하는 거야? 우리 집 애는 나랑 애 아빠가 제일 많이 걱정해. 걱정 넣어둬."

남자들이 이런 말을 할 때는 정말 몰라서 하는 경우도 있다. 오랜만에 만난 사이에 반갑다고 안부 인사하는 것이 "아, 너 팍삭 늙었네.", "너 살쪘네, 요즘 일 없이 편한가 봐." 여자들 사이에서 거의 하지 않는 이런 말을 한다. 듣는 사람에게는 팩폭이고 상처가 된다는 것을 알지 못하기 때문이다. 이런 말들로 인해 스트레스가 상당하다면 좀 더 강하게 나갈 필요도 있다. 솔직히 "애는 엄마가 키워야 한다." (이렇게 쓰고 "여자는 집에서 애나 봐"라고 읽는다) 이런 종류의 발언은 성희롱에 버금간다. 아예 인사 부서에 연락하여 별도의 교육을 받게 하는 것이다. 그리고 다음에 이런 일 또 있으면 녹음을 해보아라. 몇 월 며칠 몇 시에 어느 장소에서 일어난 일인지도 정확하게 기억하고 기록해두어야 증언에 신빙성이 간다. 그런 분들은 성인지 감수성* 교육을 받을 필요가 있다.

상황에 닥쳤을 때 무슨 말을 해야 할지 몰라 망설이다가 타이밍 놓치고 잠자기 전 갑자기 떠올라 뒤늦게 속상해 하는 일이 있다면 벙어리 냉가슴 하듯 가슴에 담아두지 말고 사이다 발언으로 떨쳐버리자. 그것이 워킹맘이 오지라퍼 킹덤에서 멘탈 붙들고 살아가는 방법이다.

> *** 성인지 감수성**
> (Gender Sensitivity) : 양성평등의 시각에서 일상생활에서 성별 차이로 인한 차별과 불균형을 감지해내는 민감성. 1995년 중국 베이징에서 열린 제4차 유엔 여성대회에서 사용된 후 국제적으로 통용되기 시작했다. 국내에서는 2000년대 초반부터 정책 입안이나 공공예산 편성 기준 등으로 활용됐다.

05. 워킹맘의 자존감 찾기

최근에 임신하여 출산휴가를 두 달 앞둔 후배와 이야기한 적이 있다. 휴대폰을 새로 사게 되어 예전 휴대폰에 저장된 데이터를 백업하는데 우연히 회의 내용이 녹음된 것을 발견했다는 것이다. 그 녹취본을 들으며 분명 1~2년 전 나인데, 저 진취적이고 당당한 여성은 누구인가? 싶을 정도로 과거의 내가 그렇게 낯설 수가 없었다고 했다. 지금은 그저 틈만 나면 눕고 싶고 바보가 된 것처럼 기억 안 나는 것도 많고 두뇌 회전도 느려졌다는 것이다. 예전에는 다 해낼 수 있었던 일인데, 지금은 누가 무엇을 시킬까 봐 겁도 나지만 못한다고 말하기엔 자존심 상하고 또 제 역할 못하고 민폐 끼치는 것 같아 마음이 편치 않다고 했다. 그 말을 들은 후 나는 누구나 그런 시기를 거친다며 조산의 위험으로 갑자기 입원하게 되면 그게 더 곤란한 상황이니 지금은 욕심 부리지 말고 출산 전까지 건강하게 출근하는 게 최선이라고 말해주었다.

회사 내에서 자존감은 임신, 출산, 육아 전후, 즉 워킹맘이냐, 아니냐로 나눌 수 있다. 일종의 악순환이라고나 할까. 임신 때부터 육아하면서 퇴근 시간 등등 고려하다보면 야근, 특근, 출장 등 중요 업무에서 점점 밀려나게 된다. 그런 걸 '차라리 다행이다, 하라고 해도 못해.'하면서 자조하는데 문제는 그러면서 자존감도 같이 하락하는 느낌이 드는 것이다. 확, 우울증처럼 심한 건 아닌데 가랑비에 옷 젖듯, 그렇게 스며든다.

엉덩이가 무거워지는 연차, 고참! 내가 조직에 기여하는 부분이 있을까, 내가 잘하는 것은 무엇일까, 이렇게 해서 진급한다고 해도 내 강점이 있는 걸까 하는 생각에 업무 자존감이 점점 작아진다. 그러면서 부서에서 사람들과의 관계에 대한 자존감도 지속적으로 떨어지는 느낌이 든다.

물론 육아에, 업무에, 살림에 이런 생각할 겨를이 없을 때가 많지만, 문득 잠시, 화장실에 앉아서라도 그런 생각이 들 땐 지금까지 그 힘든 육아를 다 겪어오면서 직장생활 버티고 있는데 이 감정이 나를 마구마구 흔들어댄다. 어떻게 극복해야 할까?

워킹맘이라면 누구나 한 번쯤 겪게 되는 과도기 또는 시련(?)이 아닐까 생각한다. '조직 내에서 자존감을 잃고 쭈그러드는 나'와 그런 나를 인지하고 다시 자조하는 나.

누구나 회사에서 자신감 뿜뿜하던 시절이 있었을 것이다. 출산

전에는 모두들 본인에만 집중할 수 있기에 업무역량이며 시간에 제약 없이 일을 할 수 있었기에 능력을 십분 발휘해서 인정도 받고 더불어 고과도 잘 받았을 것이다. 나에게도 기회를 달라 상사에게 어필도 하고 나는 열심히 했는데 왜 평가가 이 따위냐 라며 따지기도 했을 것이다.

하지만 출산, 육아휴직 후 다시 복직해서는 상황이 달라지는 경우가 많다. 1년 정도 쉬다 오면 내가 알던 업무 지식은 옛것이 되어 필요 없는 경우도 있고 시스템도 많이 바뀌어있다. 나의 PC 패스워드도 기억나지 않고 때론 키보드 자판마저 어색하기도 하다. 그렇기에 업무에 대한 떨어진 감을 되찾는 시간 이른바 적응 기간이 필요하다.

출근모드에 어느 정도 적응했어도 시간 제약으로 인해 짧은 시간 내 맡은 바 업무를 위해 엉덩이 한번도 떼지 않고 열일 하지만 남들보다 이른 퇴근에 회식 참석율 저조, 출장도 맘대로 못 보내고 결국 워킹맘이라는 굴레. 연차는 차고 내 자리는 없고 남자 동기/후배들은 특진이네 상위고과네 다 받아가고……. 내가 아무리 발버둥 쳐도 그 자리인 것 같은 그 기분에 휩싸여서 매일이 힘들고 자리에 앉아있는 것조차 힘들 때도 있다.

우리가 이런 고민을 하는 것은 회사를 다니는 것이 단지 '돈'을 벌기 위해서만은 아니기 때문이다. 거창하게 자아실현이나 자기

개발의 욕구까지는 아닐지라도 조직 내에서 내 역할은 제대로 하고 싶은 욕구가 있기 때문이다.

일단 자존감 회복이 우선이다. 본인의 자존감은 스스로 지켜내야 할 필요가 있다. 주변에 보면 능력도 없는데 때가 되어서, 시켜줘서 수석/부장이 된 분도 많고, 아부만 해서 고과 잘 받다가 그룹장 바뀌어 실력 뽀록나니 뒷방에 가 있는 분도 많다.

워킹맘이라면 이미 시간 관리 능력이 다른 사람보다 탁월한 거라고 생각하고 있다. 아이들 관리, 업무 관리, 집안일 관리 동시에 해야 하는데 능력이 딸리면 못하는 것이니까. 뭐 한쪽이 약간 소홀해질 수도 있지만 기본적으로 능력이 안 되는 사람은 못한다고 생각하고 위안을 삼는 것도 방법이다.

또한 남과 비교하는 마음이 들려고 하면 얼른 정신을 부여잡고 '나는 나의 삶을 살리' 하고 다짐해보는 것도 방법이다. 아니…, 저런 사람도 수석인데 혹은 남들 보기 부끄럽다. 이런 생각 들기 시작하면 한도 끝도 없기에.

그리고 본인의 가치관과 회사생활의 목적에 대해 조금 생각해보는 것이 좋을 것 같다. '나는...'으로 시작하는 회사 다니는 이유를 진지하게 생각해보는 시간을 가지면 좋을 것 같다. 아이에게 늘 말하듯 "엄마가 회사 안 가면 우리는 여행도 못 가고 네가 갖고 싶은 장난감도 못 사", "엄마가 돈 안 벌면 우리는 더 작은 집으로 이사 가야 해" 이런 생계가 100% 목적이 아니기에 우리는 늘 고민하는 것이다.

육아에 살림에 힘들지만 그래도 한 번은 그 틀을 깨는 계기를 만드는 게 필요하다. 가족들에게 한 번은 양해 구해서 남들 꺼리는 출장도 가보고, 남들 못하겠다고 하는 주말 특근 한 번 해보고... 그러고 나면 윗분들도 '아~ 애 엄마라고 못한다고 하지 않고 일에 대해 애정을 갖고 있구나.' 하는 인식을 가지게 된다.

계속 특근에 출장에 야근은 못해도 나도 할 수 있다는 것을 보여주는 계기가 되니까. 가족들에게도 나도 일 때문에 출장가고 특근할 수 있으니 도와달라고 이야기하면 좋을 것 같다.

또한 좀 더 적극적으로 이 상황을 타개하는 방법은 공부를 하는 것이다.

어학이든, 개발이면 프로그램이든 공부를 취미 삼아서 복수의 칼을 가는 것이다. 개발 쪽은 늘 공부해야 신기술을 따라갈 수 있고 결국에는 구현할 수 있는 기술을 가진 사람에게 모두가 고개를 숙이게 되어 있기 때문에. 복수의 칼이 날카로워질 때면 여유가 생길 것이다. 그 여유가 육아와 병행하며 일을 할 수 있도록 도와줄 것이다.

개그맨 이영자가 군인 대상으로 한 강연 내용이 있다. 토끼와 거북이 이야기에서 달리기 시합하자는 토끼의 제안에 거북이는 본인이 질 줄 알면서도 왜 응했을까. 거북이는 콤플렉스(열등감)가 없었기 때문이다. 최선을 다하는 것만이 자신이 할 일이었던 것이다. 내가 나를 소중히 생각해야지. 누가 나를 나만큼 소중하게 생각해주겠는가. 다시 한번 소중한 것이 무엇인지 되돌아보는 시간을 가지는 것도 필요하다.

아이 낳고 기르는 게 일을 많이 못한다고 생각하는 이 조직 문화의 문제이지 워킹맘의 문제는 아니라고 감히 말해본다. 10년 전, 20년 전 첫 출산을 한 선배들에 비해서는 인식이 나아졌다고 생각한다. 퇴사하지 않고 버텨주신 엄마들 덕분에 가능해진 것이다. 아마 유부녀 후배들도 그렇게 같이 버텨줄 것이다. 본인부터 더 사랑했으면 한다.

그럼 나를 사랑하는 방법, 나의 자존감을 지키는 방법은 무엇이 있을까? 나는 스스로에게 주문을 외우기로 했다. 내가 아무리 회사에서 찌그러져 있더라도 "나는 누가 밟을 수 없는 소중한 존재, 지금 아무리 나를 힘들게 하는 부장이라도 밖에 나가서 만나면 그냥 동네 아저씨일 뿐, 아무 것도 아닌 존재"라고 스스로에게 되뇌었다. (화가 치밀 때는 「나 혼자 산다」에서 개그맨 장도연이 말한 것처럼 "나 빼고 다 0밥이다."를 외치면 속이 후련해지기도 했다.) 또한 아이에게도

"엄마는 중요한 일을 하는 사람, 회사에서 꼭 필요한 사람"이라고 말해주었다.

몇 해 전 화제가 된 경동나비엔 광고가 있다.

"울 아빠는~ 지구를 지켜요. 미세먼지를 엄청 줄이고 나쁜 연기를 없애서 공기를 맑게 해준대요~ 소나무를 많이많이 심어서, 지구를 시원하게 해주고요~ 북극곰을 살려준대요.~"

"아빠가 뭐하시는데?"

"콘덴싱 만들어요~"

이 아이의 아빠도 여느 사람과 다를 바 없는 보일러 회사 직원일 것이다. 회사 내에서 인재로 인정받아 승승장구하는지 진급에서 몇 년째 누락되고 한직으로 밀려 났는지 속내는 알 수 없다. 하지만 아이 앞에서는 마치 영화 속 지구를 지키는 히어로의 모습으로 보여준다. 우리도 광고 속 아빠처럼 아이들 앞에서만큼은 히어로가 되어보는 건 어떨까? 우리는 이미 일과 육아를 모두 하고 있는 슈퍼우먼이지 않는가.

06. 초등학교 입학 최대 위기를 넘겨라

앞에서 여성들의 회사생활 중 닥치는 3번의 위기에 대해 말한 적이 있다. 요즘 결혼했다고 퇴사를 압박하는 회사는 점점 적어지고 있다. 출산 후라도 아이가 어린이집, 또는 유치원 다닐 때까지는 어떻게 해서든 버틸 수 있다. 종일반을 신청하면 저녁 8시까지 보육이 가능하고 방학도 여름, 겨울 각 1주씩 길어봤자 2주이기에 휴가계획을 잘 세우면 큰 문제가 없다.

하지만 초등학교에 입학하는 순간 부부의 힘만으로 버거운 순간이 온다. 일단 하교하는 시간이 이르다. 1학년은 학교에서 점심 먹고 와도 12시 반~1시 사이에 집에 온다. 오죽하면 아이가 학교 간 후 애미 머리 감고 말리기도 전에 집에 온다고 말을 할까. 게다가 여름 방학이 한 달, 겨울방학이 두 달이며, 학교장 재량에 따라 5월 1일 노동절부터 5월 8일 어버이날까지 일주일, 추석 연휴 전후로 일주일씩 방학을 하는 학교도 있다.

　초등학교 입학은 아이의 첫 사회생활 시작으로, 그야말로 새로운 보육, 양육시스템 구축이 필요한 시기이며, 아이를 스스로 할 수 있는 자립심 있는 어린이로 키울 것인가, 최대한 안정적인 보육 환경을 만들어줄 것인가 결정하는 시기이기도 하다.

　이 문제는 말 그대로 주관적인 조언이 될 수밖에 없을 것이다. 가정마다 육아 환경이 다르고, 아이마다 성향이 다르며, 무엇보다 부모의 마음가짐이 다르기 때문이다.

　나는 아이가 4살 때부터 초등학교 입학할 때 육아휴직을 하리라 마음을 먹었다. 일단 육아에 있어 양가부모님의 도움을 전혀 받지 못하고 있는 상황이라, 아이 성향이 환경 변화에 스트레스를 받고 적응하는데 까지 시간이 걸리는 타입이었기 때문이다. 외동딸이다 보니 하교 이후 학원 갔다가 저녁이 될 때까지 혼자 집에 있는 게 마음이 놓이질 않았다. 어린이집 원장 선생님도 입학 시기에 맞춰 휴직할 것을 권하시기도 했고, 무엇보다 강적은 코.로.나. 아직 백신이 보급되지 않는 상황이라 2020년과 같이 주 1회 등교 시 대책이 없었기 때문에 일찌감치 휴직을 염두에 두고 있었다.

　1년 동안 차근히 학교라는 새로운 사회에 적응시키고 하교 이후 저녁 6~7시까지 시간을 보낼 수 있도록 학원 스케줄을 짤 계획이다. 그리고 복직 몇 달 전에는 집안일을 도와주시는 도우미 및 온라인 학습과 숙제를 도와줄 학습 시터를 알아볼 생각이다.

주변 워킹맘 중 굳이 휴직을 안 해도 되는 케이스는 다음과 같았다.
- 시터 이모님이든 할머니든 조력자가 있다
- 총회, 녹색어머니회, 참관수업, 운동회 등 주요 행사 때 근무 시간 조정하여 참석 가능하다
- 아이가 독립적인 성향이다
- 동네 엄마들 네트워크가 있다
- 학습관련 네트워크가 있다

휴직을 안 하기로 결심한 워킹맘들은 7세 때부터 대략 다음과 같은 준비를 해나가기 시작했다. 아침 먹기, 혼자 옷 갈아입기, 양치하기, 화장실 가기(배변처리), 학습지 숙제하기, 시간 맞춰 학원 다녀오기 등을 스스로 할 수 있도록 연습을 시켰다. 6개월 정도는 아이와 손잡고 동네를 투어하면서 학교에서 학원, 학원에서 집으로 오는 길도 살펴보고 학원버스 내리는 지점도 확인했다. 집안에 CCTV를 설치해서 아이 상황을 수시로 살피고, 체크카드를 손에 쥐어주고 배가 고프면 스스로 편의점이나 김밥천국으로 가서 간

식과 저녁밥까지 사먹도록 알려 하는 경우도 있었다. 코로나라는 초강력 변수가 생겨도 꿋꿋하게 잘 헤쳐 나가는 가정도 있기에 그야말로 케바케 애바애 (case by case, 애 by 애)이다.

사실 아이를 키우며 엄마 손이 필요하지 않은 순간이 있으랴. 초등 1학년을 무사히 넘긴 후 초등고학년이 되면 학과과정이 어려워져서 학습습관을 잡아주기 위해 엄마 도움이 필요하다고 한다. 1,2년 지나면 금세 다가오는 중학교 입학, 그럼 엄마가 또 필요한가?

아이들도 엄마의 잔소리는 이제 귀찮게 여기고, 일하는 엄마를 자랑스러워하며 엄마가 일하지 않으면 가정 경제가 어떻게 될지 잘 알고 있다. 육아 선배들의 이야기를 들어 보면 결국 될놈될, 안될안*이라고 한다. 이제 엄마가 끼고 가르치는 시기는 지났으니 교육은 전문가에게 맡기고, 교육비 지원을 위한 총알 장전과 향후 진로에 대한 방향을 제시하는 것이 더 중요하다는 것이다.

> * **될놈될 안될안 : 뭘 해도 될 놈은 된다, 안 될 놈은 안 된다.**

육아의 끝은 언제일까? 대학 입학? 취업? 결혼? 결국 육아란 짧게 보면 10년, 길게 보면 25년의 세월이 필요하다. 내가 일할 수 있는 시기와 겹치며 일하는 엄마이기에 옆에 있어주지 못하는 상황은 늘 오게 마련이다. 그때 후회하지 않고 또 죄책감을 가지지 않고 행복한 시기를 보냈으면 한다.

Tip. 맞벌이 부부 자녀 교육 "해라" 십계명

1. 퇴근하여 10분간 포옹하라.

혼자 있는 시간은 외롭고 고독하다. 피부 접촉만이 긴장을 풀어주는 유일한 길이다.

2. 이야기를 많이 하라.

재미있던 이야기, 좋은 이야기를 많이 하고 많이 들어 주라. 아이와의 거리가 없어진다.

3. 휴일은 온 가족이 함께 보내라.

아이가 가장 즐겁고 재미있는 시간이 바로 가족과 함께 하는 시간이다. 가능하면 같은 종류의 취미를 가지는 것도 좋은 방법이다.

4. 아버지도 가사에 참여하라.

같이 퇴근하여 어머니는 부엌으로 가고 아버지는 텔레비전을 본다면 가족 간의 화목이 깨진다. 아이에게 모범을 보이도록 하라.

5. 부모의 일을 이해시켜라.

부모의 일을 아이가 이해하고 그것이 가족의 행복을 위한 노동이며, 경제력의 수단이라는 사실을 알게 한다면 아이는 부모의 노동에 대해 감사함을 갖게 될 것이다.

6. 재미있는 부모가 되라.

힘들어도 자녀 앞에서는 개그맨이 되어야 한다. 자녀는 그 모습만으로도 정서적으로 안정된 생활을 할 수 있다.

7. 자녀의 교우 관계를 알고 있어라.

아이들은 또래 집단을 어떻게 형성하느냐에 따라 모범생이 되기도 하고 문제를 일으킬 수도 있다. 그러므로 어떤 친구와 어디서 어떻게 지내는지 스스로 이야기하게 하고 그들의 연락처 정도는 알고 있어야 한다.

8. 자녀의 교육 활동에 적극 참여하라.

조퇴를 해서라도 부모가 유치원이나 학교 행사에 번갈아 가면서 참여하여 교육기관에서의 생활과 그곳의 운영 방향을 알고 적절히 대처하여야 한다.

9. 집에 전화하여 정서적으로 안정시켜라.

아이와 마음의 교류가 생기고 곁에 있다는 느낌을 받게 된다. 그러나 지시하기 위한 전화는 오히려 역효과가 나타난다.

10. 아이의 생각을 읽고 있어라.

아이는 불완전한 상태다. 그러므로 아이의 현재 생활이나 심리 상태를 알고 있어야 마음의 평화를 가져다 줄 수 있을 것이다.

출처 : 아이맘카페 (http://www.childrenworld.or.kr)

07. 절대 죄책감을 가지지 마라

때는 바야흐로 2020년 2월 2일 일요일. 다음날 유럽 출장이라 준비를 하고 있던 오후 1시 반쯤, 어린이집에서 긴급 SMS가 왔다. 일요일 낮 시간에 연락 올 일이 없었는데 무슨 일인가 싶어 내용을 확인했더니 코로나 바이러스 감염 발병으로 수원시로부터 휴원 명령이 내려져 일주일간 휴원을 한다는 것이었다. 순간 눈앞이 캄캄해졌다. 나는 다음날 오전 당장 비행기를 타러 공항에 가야 하는데, 어린이집은 휴원을 한다니 어떻게 해야 할까?

사실 1월부터 분위기는 심상치 않았다. 중국 춘절을 통해 코로나 바이러스가 후베이 성 외 다른 지역으로 퍼져나가고 새로운 환자가 백 명 단위로 급격히 증가하고 있었다. 그런 상황에서 일주일 동안 러시아-폴란드-영국을 순회하며 해외연구소 과제를 협의하는 출장이 잡혔다. 2년 만에 돌아온 출장 기회이기도 했고, 이번 방문 국가는 한 번도 가보지 않은 나라였다는 점과 나 말고 갈

만한 다른 동료가 없다는 점 등 여러 가지 정황상 내가 꼭 가야만 하는 출장이었다. 하지만 출장 준비를 하면서도 마음 한 편은 편하지 않았던 게 상황이 점점 나빠지는 것이 확연하게 보였기 때문이다. 결국 최초 바이러스가 발병한 후베이 성도 1월 23일 봉쇄되었으며, 1월 31일에는 세계보건기구에서 국제적 공중보건 비상사태를 선언했다. 우리나라에서도 곳곳에 확진자가 발생하더니 결국 어린이집도 휴원하기에 이른 것이다.

하필이면 나의 출장 일정과 어린이집 휴원 일정은 완벽하게 일치했다. 명령이 며칠만 일찍 내려졌어도 출장 일정을 변경하든가 비디오 콘퍼런스로 진행하든가 방법을 찾았을 텐데, 일요일 오후에 그것도 출국하기 24시간 전에 통보가 오니 대책이 없었다. 독박육아를 몇 년째 하고 있지만 양가 도움을 일절 못 받는 이런 상황은 늘 아쉬웠다. 어차피 신랑과 나 둘 만이 해결해야 했다. 내가 컨트롤 할 수 있는 권한 밖의 일이라 속상하고 딸아이에 대한 미안함과 죄책감이 밀려왔다. 신랑에게 이 상황을 알리면서 내심 신랑이 며칠이라도 휴가를 쓰며 아이를 돌보기를 바랐다. 하지만 신랑의 반응은 다음과 같았다.

"휴원하면 어린이집을 아예 못 가는 거야?"

"아니, 긴급보육은 해준대. 회사 어린이집이니까 엄마들이 다 워킹맘이잖아. 안전을 위해서 가능한 가정보육 하라고는 하지만 긴급보육은 해준대."

"아, 그럼 당연히 어린이집 가야지."

"아니… 지금 같은 반 엄마들 카톡 오는 거 보니까 다들 할머니 집에 보낸다 하고, 휴가 낸다 하고 그러네. 등원한다는 사람이 한두 명 밖에 안 되나 봐. 자기도 하루 이틀 쉬면 안 될까? (요즘 별로 안 바쁜 거 다 알거든?)"

"에이, 엄마도 출장가고 없는데 나 혼자 어떻게 다 보냐? 엄마는 출장 잘 갔다 오고, 응? 우리 딸은 어린이집 잘 갔다 오고, 그러는 거지. 일주일 뒤에 보자."

체, 나는 이 상황이 일하는 엄마로서 너무나 안타깝고 아이를 위험 속에 밀어 넣는 것 같아 미안하고 불안하고 속이 타 들어가는데 혼자 편하구만. 그렇다. 신랑은 아주 단순하게 생각했다. 이 상황은 바꿀 수 없는 것이고 아이한테 미안한 것도 없고 그러니 죄책감 따위란 단 1도 없었다.

다음 날 아침, 나는 공항으로 향했고 신랑과 아이는 어린이집으로 향했다. 리무진 버스 안에서 30명 중 5명이 등원했다는 신랑의 문자를 받았다. 그나마 우리 아이가 혼자가 아니라는 안도감과 25명에 포함되지 못했다는 미안함이 밀려와 눈물이 핑 돌았다. 곧 비행기는 떠날 것이고 이렇게 된 이상 일주일 동안 아무 일이 일어나지 않기를, 나 역시도 주어진 업무를 잘 마무리하는 수

밖에 방법이 없었다. 그렇게 눈물자국 지우며 마음을 다잡는데 사람이 얼마 타지 않는 리무진 버스 안에서 훌쩍이는 여자 한 명이 보였다. '저 여자도 어쩔 수 없이 출장 가는 워킹맘인가?' 하는 마음에 전혀 모르는 사람이지만 위로를 보냈다. '혼자가 아니니 힘 들어하지 마세요.'

아이를 키우며 가슴 졸이는 일이 참 많았다. 발신 번호가 '어린이집'으로 뜨면 일단 가슴이 철렁했다. 전화를 받기 전까지 '열이 나니까 지금 당장 데려 가라는 건가? 내가 오후에 회의가 있던가? 지금 업무를 정리하고 나와도 될까?' 순식간에 별별 생각이 다 들었다. 열이 나는 걸 뻔히 알면서도 감기약과 해열제를 먹이며 어린이집을 보낼 때, 어린이집에서 전화가 와도 지금 당장 퇴근할 수가 없으니 양호실에서 몇 시간 좀 돌봐달라고 말할 때, 눈물이 나올 것 같아 속으로 삼켰던 적이 한두 번이 아니다. 그렇게 몇 년을 보내고 나니 어느 샌가 깨닫게 되었다. 미안함과 죄책감, 그로 인한 스트레스는 늘 엄마 몫이고 남편은 아무렇지도 않더라, 나보다는 늘 마음이 편안하더라는 것을. 그걸 깨닫고 나자 갑자기 억울해졌다. 아니 내가 놀러 다니는 것도 아니고, 애가 아파도 어린이집에 보내는 것은 남편도 동의한 결과인 것인데 왜 나만 이기적인 엄마인건가 반성하고 혼자만 미안해하지?

엄마는 일을 하든지 일을 하지 않든지, 관계없이 육아를 할 때 죄책감을 종종 느낀다. 아이가 아프거나 다치면 혹시 내가 잘못 돌봐서 그런 건가? 생각한다. 아이가 산만하면 혹시 내가 태교를 잘 못했나? 임신 중에 라면을 많이 먹어서 그런가? 라며 수년 전 일까지 거슬러 올라가 곱씹고 고민한다. 하지만 주변 아빠들에게서 내가 혹시 아이를 잘못 키우는 게 아닐까? 혹시 내 잘못일까? 고민하고 스스로를 탓하는 모습을 거의 보지 못한 것 같다. 말 안 듣고 떼쓰는 아이를 혼내고 나서 밤에 잠든 아이를 보며 내가 좀 더 참을 걸, 왜 그랬을까 눈물을 글썽이며 후회하는 아빠도 본 적이 없다.

어린 아기를 키우는 남자 동료에게서 육아 해프닝을 들은 적이 있다. 퇴근하고 집에 갔더니 와이프가 울고 있더란다. 그래서 왜 우냐고 물어봤더니 마침 아이 기저귀가 다 떨어져서 급하게 마트에 갔고, 평소 사용하던 것보다 조금 저렴한 기저귀를 샀는데 그걸 입혔더니 몇 시간 만에 엉덩이가 빨게 지면서 오돌토돌한 발진이 올라오더란다. 그러면서 미리 챙기지 못하고 깜빡 잊은 자신을 자책하고, 돈 천원 아끼자고 아이 고생시킨 게 미안해서 울었다는 것이다. 그래서 동료가 와이프에게 당신 잘못 아니라고 위로를 해 줬다고 하면서 다음과 같이 와이프에게 하지 않았던 이야기를 덧붙였다.

"아니, 기저귀야 다시 사면되고 엉덩이에 약 바르면 되지. 뭐 그게 울 일인가. 그리고 엉덩이 발진 나면 내 엉덩이가 아픈 것도 아니잖아."

그렇다. 엄마들은 아이가 아프면 마치 내가 아픈 것 같고, 아이에게 일어난 일은 모두 내가 부주의해서, 잘못해서 일어났다고 생각하며 스스로를 탓하는 경향이 있다. 하지만 아빠들은 다르다. 아이와 나는 엄연히 다른 존재이고 아이에게 일어난 일은 사고이지 내가 잘못해서 일어난 일은 아니라고 받아들이는 것이다. (물론 본인 탓은 아니고 엄마 탓으로 돌리기도 한다. 어쨌든 책임을 전가함으로써 아빠 본인은 편안해진다).

아빠가 일하는 것은 가족의 생계를 책임지는 목적이고 엄마가 일하는 것은 취미생활이자 자기만족을 위해서인가. 그렇지 않다. 당신은 아빠와 똑같이 일하며 누구보다도 아이를 사랑하며 또 치열하게 사는 사람이다. 당신은 지금 모습으로도 충분히 좋은 엄마이다.

워킹맘이여, 어떤 상황에서도 일을 하기 때문에 아이에게 미안한 마음과 죄책감을 가지지 말자. 그것은 당신의 배우자와 나눌 몫이지 혼자 짊어질 멍에는 아니다.

PART 5

부장

고인물인가 부랑자인가

01. 마녀 사냥에 대처하는 우리의 자세

일부 직종을 제외하고 많은 기업이 남성 중심적인 사회이다. 여성의 숫자가 적은 곳에서는 남자가 하면 일반적인 일도 여자가 하면 특별한 일이 되는 경우가 많다. 남자가 다수인 조직에서 여직원이 능력이 있고 상사의 신임을 받는다면? 그래서 고속 승진을 하고 리더 자리를 맡게 된다면? 본인이 원하든지 원하지 않든지 다른 사람의 입에 자주 오르내리게 된다. 당연히 칭찬보다는 비난과 음해가 더 많을 것이다. 사촌이 땅을 사도 배가 아픈데 하물며 남이 잘 되는 꼴을 못 보는 게 사람 심리이기 때문이다.

다음은 별명이 잔 다르크인 김 부장의 사례이다. 불의를 보면 참지 못하고, 힘들고 껄끄러운 일도 나서서 하고, 미친 듯이 열심히 일한 김 부장. 그녀는 임신으로 모성보호 기간에도 밤 11시 이후에 퇴근하는 것이 다반사였으며 심지어 육아휴직 중에도 일을 했던 워커홀릭이었다. 정말 경주마처럼 앞만 보고 죽어라 달렸고, 난이도 높은 큰 프로젝트를 연달아 성공시키면서, 회사에 큰 기여를 했고, 그녀의 상사는 줄줄이 임원이 되었다.

그녀의 상사가 그녀를 많이 신임했기에, 중요한 일은 그녀에게 대부분 다 맡겼고, 그 결과 그녀 역시도 생각지도 않게 사내 최연소, 최단기간 발탁 승진 되었다. 처음엔 많은 사람들이 자기 일인 마냥 축하해주었지만, 초고속 승진에 상이란 상은 다 휩쓸자 어느 순간 축하하는 사람이 거의 없어진 것을 알게 되었다. 얻은 것이 있으면 잃은 것이 있다고 건강이 나빠졌고 가족과의 관계도 소원해졌다. 또한 예상치 못한 충격이 있었으니 바로 마!녀!사!냥!

김 부장이 잘 나가자 그녀를 시기하는 무리들이 엄청나게 생기면서, 온갖 루머에 시달리게 되었다. 여자가 드세면 집안이 망한다는 이야기를 바로 옆에서 들으라는 듯이 하기도 하고,

'술 따라서 승진했다.'부터 심지어 상사와 불륜관계라서 위에서 밀어준다, 원래 다른 사람이 한 것인데 가로챘다는 등 이런 각종 음해하는 말들이 주변에서 나돈다는 것을 인지한 순간부터 김 부장은 너무 괴롭다. 주변에 물어볼 선배도 없고 롤 모델도 없고 온통 적만 있으니 어떻게 처신해야 할지 난감하기만 하다.

능력을 인정받는 사람에게는 필연적으로 시기, 질투가 따라오기 마련이다. 현재 김 부장에게 필요한 것은 확고한 주관과 단단

한 멘탈이다. 칭찬이 내 계좌에 돈으로 입금되는 것도 아니듯 욕이 배 뚫고 들어오지 않는다. '나는 보살이다~', '이 또한 지나가리~'를 주문처럼 외우면 시간은 지나간다. 들리는 말 중에 사실만 걸러 들을 필요가 있다. 물론 걸러 듣는 것도 많은 트레이닝이 필요하다. 속으로 썩어 문드러져도 내색 말고 현재 위치에 맞는 부드러운 카리스마를 뿜뿜하는 것이다. 나를 욕하는 무리까지 감싸 안을 수 있는 대인배가 되어야 한다.

회사 내에서 롤 모델을 찾기 어렵다면 할리우드의 배우 할리 베리의 케이스를 참고로 하는 건 어떨까. 할리 베리는 2004년 당시 영화 「캣우먼Catwoman」 작품의 출연료로 1250만 달러를 받아 당시 전 세계 여배우들 사이에서 가장 높은 출연료를 기록할 만큼 대단한 배우였다.

하지만 제작비로만 1억 달러가 투입된 작품이 북미 지역에서 약 4천만 달러의 수익을 올리는데 그쳤을 만큼 흥행에 대실패했으며 평단의 평가도 최악이었다. 결국 이 영화로 이듬해 최악의 영화를 선정하는 시상식인 골든 라즈베리에서 여우주연상을 수상하기도 했다. 직접 시상식에 참석했는데 이 시상식에 배우가 참석한 것은 처음이었던 만큼 대인배적인 모습을 보였으며, '최악의 배우가 되지 않으면, 최고의 배우도 될 수 없다.'는 명언을 남겼다.

2010년 영화 「스티브의 모든 것」으로 최악의 여우주연상을 수상한 산드라 블록은 「스티브의 모든 것」 DVD를 한 트럭을 가져와 참석자들에게 나눠주기도 했다. 재미난 사실은 다음날 산드라 블록은 동일한 영화로 아카데미 여우주연상도 동시에 수상했다는 것이다. 결국 실력자에게는 찬사도 비난도 함께 온다는 사실을 여실히 보여준 사례이다.

연기 잘하는 악역 배우는 악플을 받게 되지만 아무에게도 관심 받지 못하는 배우는 무플에 시달리게 된다. 조직에서 리더는 어느 정도 악역을 할 수밖에 없다. 때로는 쓴소리를 하고 조직원을 이끌어나가야 하기 때문이다. 리더와 악역, 그에 따른 악플은 어쩌면 불가분의 관계일지도 모른다.

"왕관을 쓰려는 자, 그 무게를 견뎌라!"

(Uneasy lyes the Head that weares a Crowne)

- 셰익스피어 -

02. 입은 닫고 지갑은 열어라

사회에서 만난 첫 번째 리더는 30대 중반의 과장이었다. 추석, 설과 같은 연휴 전날 오후가 되면 다과 자리를 만들어 양말 선물을 나눠주고 일찍 퇴근하라고 독려했다. 나는 그것이 당연한 줄 알았고 대부분의 리더가 그러한 줄 알았다. 사실 양말 선물이나 다과가 그리 큰돈이 드는 것은 아니지 않는가. 하지만 그 이후 부서가 바뀌고 다른 리더들을 차례차례 만나면서 예전 상사가 인정이 있고 잘 베풀던 상사임을 알게 되었다.

그 중에서 기억에 남는 분이 한 분 있다. 조직개편으로 새로운 리더로 부임하게 된 김 수석. 김 수석은 함께 일하게 된 첫 날부터 커피를 샀다. 처음에는 사람들과 친해지기 위해서 다과 시간을 갖는 것으로 생각했다. 하지만 그 이후 매일 점심 식사 후 티타임을 가졌으며 개인 약속으로 함께 식사를 하지 않은 사람들을 물론이고 그 자리에 없는 사람에게도 전화를 걸어 꼭 음료를 사주었다.

뿐만 아니라 메뉴를 주문하기 위해 대기 줄에 있다가 아는 사람을 보게 되거나 심지어 아는 사람이 지나가면 그조차 불러서 그 일행 모두에게도 샀다.

커피를 살 때면 김 수석은 막내 사원에게 신용카드를 건네주면서 가장 먼저 "난 아포가토. 샷 추가해서. 다른 사람들도 주문해."라고 말했다. 참고로 웬만한 커피숍에서는 아포가토가 가장 비싼 메뉴다. 리더가 먼저 비싼 메뉴를 주문하자 다른 사람들도 부담스럽지 않게 먹을 수 있었다. 김 수석은 흔히 유머로 말하는 중국집에 가서 "다들 먹고 싶은 거 시켜. 난 짜장." 그런 스타일이 아니었던 것이다.

아무리 커피 값이 저렴한 사내 커피숍이라도 열 명에 가까운 사람들이 모두 아포가토를 주문하면 그 가격만 해도 5만원 내외. 하루 이틀이 아니고 마치 코스처럼 매일 아포가토를 먹자 나머지 사람들이 김 수석의 지갑 사정을 걱정해줄 정도에 이르렀다.

사원일 때는 직급이 높기 때문에 부장의 급여가 훨씬 많다고 생각하지만 4인 가족의 외벌이 가장의 지갑 사정은 미혼 여사원보다 못하다. 김 수석의 용돈은 아마 부하직원들 커피 값으로 쓰는 듯 했다.

그 뿐만 아니다. 한번은 토요일 밤 12시 넘어서까지 남아서 함께 일한 적이 있었다. 저녁식사를 사주면서 더 좋은 곳에 가서 맛

있는 식사를 사줘야 하는데 멀리 가지 못해 미안하다고 했다. 주말에 늦게까지 붙들어서 수고가 많다며 가족들과 함께 먹으라며 제과점에 들러 케이크를 사주는 것이다.

이때까지 직장생활 중 밤샘 작업을 김 수석하고만 했겠는가. 하지만 이렇게 챙겨주는 리더는 처음이었다. 해외 출장을 함께 갈때면 비행기 안에서 읽어보라며 책을 사주기도 했다. 중국으로 가는 것이라 비행거리가 짧음에도 불구하고 그 시간까지 신경써주는 것에 놀라울 따름이었다. 결코 사소하다고 할 수 없는 그런 배려에 고마운 마음이 많이 들었다.

이렇게 지갑을 잘 여는 상사도 있었지만 현실에서는 짠돌이로 욕을 먹는 상사가 훨씬 많다.

회사 물품은 곧 나의 것

평소에도 알뜰살뜰하기로 소문난 안 부장. 회사 워크숍이나 회식을 하게 되면 식당 측에서 포인트 적립이나 쿠폰을 지급하는 경우가 많은데, 그것을 꼭 본인이 가져간다. 그 포인트나 쿠폰으로 가족들과의 외식을 하는 것이다.

그뿐만이 아니다. 연말에는 호텔에서 송년회를 하는 경우가 많은데 그럴 때는 꼭 총무를 조용한 곳으로 불러 그 쿠폰이나 식사

권을 빼앗아 가다시피 했다. 있는 사람이 더하다고 30억 원대 강남 아파트에 사시는 분이 그렇게 알뜰하게도 쿠폰을 챙기셨다.

그 외 부서원 결혼식 할 때도 예식장이 좀 괜찮은 곳, 즉 식사가 갈비탕이 아닌 스테이크가 나오거나 뷔페를 제공하는 곳이면 축의금 5만원에 와이프와 아이 셋 온 가족을 다 대동해 나타났다. 그렇기에 결혼 적령기의 직원들은 제발 안 부장이 결혼식장에 참석하지 않기를 바랐다.

또한 부서에서 벤치마킹 용도로 경쟁사 제품을 많이 구매했는데 휴대폰뿐 아니라 캐논, 니콘 등 DSLR이나 최신 사양 디지털 카메라, 닌텐도 위 같은 게임기도 정기적으로 구매했다. 회사 비용으로 구매한 제품이기에 당연히 회사 자산으로 잡혔고 분기, 반기별로 자산 조사를 하게 되어 있었다.

하루는 안 부장이 몇몇 디지털 카메라와 게임기가 분실되었으니 분실 사유서를 작성하고 결재를 올리라고 했다. 그 과정이 귀찮긴 하지만 팀원 중 한 명이 출장이나 업무 중에 잃어버렸나 보다 생각하며 프로세스대로 분실처리를 했다.

그리고 나서 몇 달 후 주말, 강남 시내 레스토랑에서 안 부장을 우연히 마주치게 되었다. 가족 모임이 있었는지 와이프와 아이들도 있었는데 그 아이들 손에 내가 분실 결재를 올린 카메라와 게임기가 들려 있는 것을 보았다. 그 제품이 회사 자산임을 한 눈에 알아보게 된 것은 회사 자산 스티커가 그대로 붙어 있었기 때문이다. 그렇다! 그는 회사 자산을 분실신고 하고 자기 집으로 빼돌린 것이다! 그 사실을 알게 되었을 때의 황당함이란! 역대급 욕먹는 리더가 아닌가 싶다.

출장 나가면 무조건 엔빵

모든 리더가 지갑 인심이 후한 것은 아니다. 안 부장에 이어 구두쇠로 일관한 리더가 있었으니 바로 노 상무였다. 우리 부서에서 매년 2월이면 MWC 출장을 가는데, 한 번은 노 상무와 과장 한 명, 대리 한명, 사원 한명으로 출장팀이 꾸려졌다.

보통의 경우 임원급이면 공식 일과가 끝난 후 저녁때는 업체와 석식이 있거나 다른 임원과 약속이 있기 마련인데 노 상무는 저녁에 아무런 일정이 없었다. 그래서 항상 실무자들과 저녁 식사를 하게 되었고 (사실 그들이 함께 먹어주는 격) 식당과 메뉴는 항상 노 상무가 정했다. 식사가 끝나면 노 상무는 테이블 위에 50유로를 올려놓으며 "자, 나머지는 알아서 계산하지."라며 먼저 일어났다고 한다. 자연스럽게 엔빵이 될 수밖에 없는 분위기인 것이다. 재미난 것은 출장 기간 중에 노 상무 생일이 있어 실무자들이 급하게 생일 케이크도 하나 사고 미역국이 나오는 한식당도 수배해서 조

출한 파티도 열어드렸건만 그날도 어김없이 엔빵! 사실 임원 정도
되면 출장 갔을 때 고생한다며 밥 한 끼는 사지 않는가. 그의 절약
정신에 질린 3명의 출장자들은 앞으로 다시는 노 상무와 함께 출
장을 가지 않을 것이며, 혹시 출장을 가게 되더라도 저녁 약속이
있다며 식사는 함께 하지 않을 거라고 다짐했다.

뿌린 대로 거두리라

　사원으로 입사하여 25년 이상 근무한 권 전무. 그는 회사생활
의 진정한 위너라고 불렸는데 임원으로 승진한 데다 재직 중에 자
녀 대학 입학은 물론 자녀 혼사까지 치렀으니 그야말로 회사로부
터 받을 수 있는 모든 복리후생, 특히나 학자금부터 축의금까지
혜택을 받게 된 몇 안 되는 케이스였기 때문이다. 게다가 딸과 사
위 모두 같은 회사에 재직 중이었으니 그야말로 회사는 또 하나의
가족이 된 셈이었다. 하지만 그 역시도 욕을 먹었는데 자녀 결혼을
알리는 사내 인트라넷 게시글에 자신의 계좌번호를 써놓았기 때
문이다. 참석하지 못하는 사람은 축의금을 보내라는 의미였다.
　물론 우리나라에서 축의금은 품앗이 개념이 있어서 뿌린 만큼
거두어야 한다, 은퇴하기 전에 자녀 결혼시켜야 하객이 많이 온다
는 의식이 자리 잡고 있다. 사회생활을 시작한지 얼마 되지 않은

그의 자녀나 사위가 계좌번호를 써놓는다면 그러려니 할 것이다. 하지만 현재 연봉이 몇 억이고 이때껏 축적한 자산을 합치면 남부럽지 않으실 분이 굳이 자신의 계좌번호를 쓸 필요가 있었을까 싶었다. 그 정도 사회적 지위라면 "축의 화환은 정중히 사양합니다" 정도가 더 어울리지 않을까.

리더라는 자리는 지갑을 닫을수록 욕을 먹게 마련이다. '남들은 모르겠지'라고 생각할 수 있지만 위 행위에 대해서는 신입사원들도 빤히 다 알게 된다. 리더에 대한 그런 소소한 실망감이 하나둘씩 쌓이면 마음이 점점 떠나게 되고 결국 사람도 떠나가게 마련이다. 지갑은 열고 입은 닫으라는 말은 어디서나 통용될 것이다. 지갑을 잘 여는 리더가 항상 좋은 리더는 아니다. 부하의 마음을 얻으려면 아니 최소한 잃지 않으려면 투자가 필요하다.

03. 조직력도 역량이다

조직 생활을 하다보면 상황에 따라, 자신이 맡은 역할과 자리에 따라 실력과 역량에 대한 평가가 달라지는 경우를 종종 볼 수 있다. 과장일 때 일 잘한다고 인정받다가도 차장, 부장으로 승진 이후 조직을 맡게 되었을 때는 상반된 평가를 받기도 한다. 혼자서 일할 때는 온전히 개인이 가진 지식, 표현력, 열정 등 개인역량이면 충분하다. 하지만 조직을 이루면 이야기는 달라진다.

10명 규모의 작은 그룹을 이끌던 유 부장. 해외 고객사와 사장단 미팅이 있을 경우 미팅 일정 어레인지부터 미팅 아젠다 설정, 프레젠테이션 자료 작성, 회의록 작성 및 액션 아이템 관리까지 사장단 미팅의 처음부터 끝까지를 모두 책임지는 업무를 담당하고 있었다. 해외에서 학창 시절을 보낸 그는 고급스러운 비즈니스 영어를 구사할 수 있어 사장 및 임원 메일 대필도 자주 했다. 또한 급작스런 상황에서도 재빨리 대응을 했기 때문에 상사로부터 좋은 평가를 받고 있었다. 이후 해외 고객과 직접 만나 신규 사업을 구상하고 기획하는 새로운 부서가 신설되었고 유 부장은 홀로 발탁되어 신생 부서로 이동하게 되었다.

평소 영어 실력과 역량이 부족한 그룹원들과 함께 일하고 있어서 답답하다는 불평을 자주 했던 그는 드디어 자신의 실력을 인정받은 것이라며 의기양양하게 생각했다. 그러나 어느 정도 시간이 흐른 후 유 부장에 대한 평가는 완전히 달라졌다.

그가 그룹의 리더로서 일할 때에는 사장단 보고 자료, 미팅에 사용되는 발표자료, 대필하는 메일 등 각종 자료와 문서의 80~90%는 후배들이 초안을 작성하고 유 부장은 파이널 터치를 한 이후 배포하는 형태였다. 급한 이슈가 발생했을 때, 개발팀에 전화를 돌려 현황 체크를 하는 일, 출장 나가 있는 동안 발생한 문제를 1차로 대응하는 일, 기한 안에 마무리해야 하는 일을 놓치지 않았던 것은 후배들이 적시에 역할을 해낸 덕택이었다. 유 부장이 그룹을 대표하여 발표를 하고 미팅에 참여하는 동안 드러나지 않게 궂은 일, 귀찮은 일을 하는 후배들의 지원이 있었던 것이다.

하지만 새로운 그룹에서 그는 다른 부서에서 발탁되어 온 여러 인력 중 한 명에 불과했다. 예전과 같이 리더의 직위를 가지고 있으면서 후배를 데리고 일하는 형태가 아닌 다른 사람과 동등한 지위였던 것이다. 그를 도와주는 사람이 없어 자료 작성도 혼자 해야 했고, 미팅 이후 액션 아이템도 혼자 사후관리 해야 했다.

그는 외부 커뮤니케이션 특히 영어로 하는 커뮤니케이션에 능했지만 그를 뒷받침하는 콘텐츠에서는 조금씩 구멍이 보이기 시작했다. 결국 유 부장도 별 거 아니라는 말이 조금씩 들려오기 시작했고, 어느새 평범한 조직원으로 묻혀갔다.

높은 자리로 올라가면 조직역량을 자신의 역량으로 착각하는 경우가 많다. 하지만 착각하지 말아야 할 것이 그 조직을 떠나면 조직 내에서 이루었던 성과 역시 내려놓고 나가는 것이다. 자신이 눈부신 성과를 냈다 하더라도 그 조직에서 자신의 역할과 후배직원과 각종 정보 등등이 합쳐서 시너지를 낸 것이지 자신 혼자의 힘으로 만들어낸 것은 아니라는 것이다. 결국 조직력을 이끌어내기 위해서는 리더에게 겸손함도 필요한 덕목이다.

04. 말로 하면 잔소리 글로 하면 매뉴얼 (feat. 잔소리도 폭언이다)

다음은 사내 익명 게시판에 올라온 고민 글이다.

제목 : 잔소리도 폭언 아닐까요?

매번 와서 지적만 하고 가는 상사는 무슨 뜻으로 그러는 걸까요? 일보다 파트장님 잔소리 때문에 스트레스가 너무 많습니다. 일에 대한 지시나 가이드는 거의 없고 그냥 저를 싫어하는 것 같습니다. 하루 이틀도 아니고 날이 갈수록 잔소리가 심해집니다.

상사와 부하직원 간의 흔한 동상이몽이 있다. 상사는 업무 가이드를 준 것이라고 하지만 부하직원은 쓸데없는 잔소리라고 생각하는 것이 그것이다. 상사가 후배에게 보고서 초안 작성을 지시한 상황을 떠올려보자. 자료 형식이 워드나 한글일 때보다 파워포인트인 경우 더욱 자주 발생한다.

[부장의 입장] 아무리 초안이라지만 완성도가 너무 떨어지는 자료를 가지고 와서 중간보고를 한다. 고민한 흔적도 그다지 눈에 보이지 않고 한 눈에 딱 보아도 보고서의 기본 틀조차 갖추지 못했고 허점투성이다. 자연스럽게 "폰트가 이게 아닌데…", "그래픽을 바꿔봐라", "자간이 틀렸다" 지적할 포인트가 서너 개가 훌쩍 넘는다. 게다가 치명적인 오타마저 있다. (휴… 이런 것도 일일이 알려줘야 하나… 잔소리를 안 하려니 안할 수가 없네) 결국 "너 이거 하나도 제대로 안했는데 이게 무슨 발표 준비하는 거냐!"라는 말이 절로 나온다. 기본이 갖추어지지 않았다고 생각하니 지금 이 시점에 전체 구성에 대한 이야기를 해줘도 소용없을 것 같다는 생각이 든다.

[부하직원의 입장] 아… 또 잔소리… 항상 변죽만 울린다. 폰트, 자간 그런 편집은 자료가 완성된 뒤에 한 번에 맞추면 금방인데… 별로 중요하지도 않는 것을 오랫동안 붙들고 있을 뿐이다. 더 중요한 건 스토리 라인이고 흐름인데 방향 제시도 제대로 안 해주고 제일 중요한 건 항상 맨 마지막에 말하는 걸까. 중요한 걸 먼저 말해주면 일처리도 빠를 텐데.

그렇다. 나는 디테일하게 검토하고 피드백을 줬다고 생각하지만 듣는 입장에서는 잔소리로 받아들이게 된다. 잔소리라는 것이 시작되는 순간엔 일단 싫고 거부감부터 든다. 왜일까. '잔소리'에서 '잔'이 의미하는 것은 '잔잔한 것', '자잘한 것'을 말한다. 핵심이 아니라 옆에 붙어 있는 장식에 대한 얘기를 하는 게 잔소리이다. 잔소리는 부분에 대한 이야기이다.

잔소리로 인식되면 거의 한 귀로 듣고 한 귀로 흘려버리게 된다. 그러니까 잡다하고 부정적인 얘기로 지적하지만 핵심이 아닌 얘기를 하는 것이기 때문에 들을 건 듣되 그걸 다 고쳐야 된다고 생각하지도 않는다.

심리학 용어 중에 '무기 집중 효과(weapon focus effect)'가 있다. 어느 은행에 강도가 들었다. 강도가 지점장한테 총을 겨누며 "야, 저기 은행 비밀금고 번호 내놔."라고 협박했다. 죽음의 두려움을 느낀 지점장은 결국 5분 만에 비밀번호를 말해주었고 강도는 금고를 다 털어서 도망가 버렸다. 이후 경찰이 와서 지점장에게 "강도의 인상착의를 좀 대봐라, 당신이 제일 앞에 있지 않았느냐?"라고 물어보았다. 하지만 지점장은 강도의 모습에 대해서는 하나도 기억이 나지 않고 자기를 겨누던 총부리만 기억이 난다고 대답했다.

사람이 죽을 것 같이 두려운 상태가 되면 아무것도 보이지 않고 총부리 밖에 보이지 않는 것이다. 스트레스를 심하게 받으면 긴 시안, 안목을 갖지 못하고 눈앞에 보이는 근시안적인, 눈에 띄는 작은 것들만 보게 된다는 의미에서 '무기 집중 효과'라고 말한다.

혹시 '내가 잔소리하는 걸까?'라고 느낀다면 본인이 일상의 스트레스를 많이 받는 건 아닌지 생각할 필요가 있다. '이 정도면 대세에 지장 없어. 됐어, 넘어가.' 해야 할 것이 안 보이고 작은 부분 하나하나에 너무 집착해 도리어 큰 것을 놓치는 일이 있지 않을까 스스로 돌이켜 볼 필요가 있다.

사연 속 팀장의 경우에는 일 때문에 스트레스를 많이 받고 사연의 주인공에 대한 믿음이 없다보니까 부분에만 신경 쓰는 게 아닌가 하는 생각이 든다. 그렇기에 팀원은 '그냥 내가 뭘 해도 나에게 잔소리 하겠구나.'라는 마음이 들기에 폭언이라고까지 느껴지는 것이다.

다음으로 내가 뭐라고 좀 지적하고 그 중요한 얘기들을 하면 저쪽에서 '하, 또 잔소리야.'라고 반응하는 느낌이 확 와 닿는다. 후배들이 그런 반응을 보일 때 생각해야 할 금과옥조(金科玉條)*가 바로 말로 하면 잔소리, 글로 하면 매뉴얼이다!

*금과옥조(金科玉條) : 금으로 만든 법과 옥으로 만든 조항. 즉 소중히 여기고 반드시 지켜야 할 법이나 교훈.

업무를 하면서 작은 부분, 디테일은 당연히 중요하다. 그렇다고 그걸 매번 말로 할 필요는 없다. 그것을 반복해도 상대가 안 고친다면 글로 남겨라. 그리고 남겨서 공유해라. 매번 말로 "나도 잔소리하기 싫지만……."라고 말 하는 것 역시 후배들에겐 신세한탄이나 푸념으로 밖에 들리지 않는다. 하지만 매뉴얼로 만들어서 어떤 일의 한 과정을 넘어 다른 한 과정으로 넘어가기 전에 그걸 보면서 점검하게 한다면 그때는 내가 잔소리할 이유가 없어진다. 그리고 상대가 그걸 지키지 않는다면 그건 그 사람의 업무 문제에 해당하는 일이라고 생각하기 바란다.

그리고 두 번째는 안타까운 일이지만 잔소리를 한다고 사람은 쉽게 바뀌지 않는다. 일단 내가 잔소리하고 있다고 생각하면 잔소리이고, 내가 잔소리가 아니라 큰소리를 한다고 해도 내가 어떤 말을 하는 것으로 저 사람은 잘 안 바뀐다 생각하고 너무 큰 기대를 갖지 말자. 기대가 큰 만큼 실망도 크고 실망이 크면 또 잔소리한다. 우리는 일로 만나는 사이이고, 일로 만나는 사이에서는 지켜야 될 것들, 일과 일 사이에서 해야 할 것들만 하면 된다. 내 기대치를 낮춰야 할 때도 있고 아니면 그 일 사이에서 정말 필요한 것은 매뉴얼로 남기면 된다.

05. Latte is horse (라떼는 말야)

다음은 네이버 카페에서 본 글이다.

사원 입장 – 과장부터 꼰대

과장 입장 – 일부 차장 이상 꼰대

부장 입장 – 나 빼고 다른 부장 또는 나 제외 일부 차장까지도 꼰대

결국 나이 마흔이 넘고 직장생활 15년 이상 부장 직급 정도 되면 후배들이 바라보는 인식은 빼박(빼도 박도 못하는) 꼰대이다. 그렇다고 주변에서 생각하는 대로 찐꼰대, 본캐 꼰대가 될 것인가.

찐꼰대가 많아지면 조직이 발전 없이 정체되고 젊은 사람들이 떠나가며 결국 고인 물을 거쳐 썩은 물이 된다. 자정 능력을 잃은 썩은 물 조직은 도태되며 그 속에 속한 사람도 퇴출 될 수밖에 없다. 그러므로 꼰대가 되지 않기 위한 스스로의 노력이 필요하다.

2019년 영국 공영방송 BBC에서 오늘의 단어로 'KKONDAE'를 선정하여 'An older person who believes they are always right (and you are always wrong) 자신이 항상 옳다고 믿는 어른(남들은 다 틀림)'으로 설명했다. 『꼰대의 발견』이라는 책에서 언급한 꼰대의 육하원칙을 통해서 평소 이런 말을 습관처럼 쓰는지 점검해볼 필요가 있겠다.

〈 꼰대의 육하원칙 〉

Who	내가 누군 줄 알아?
What	네가 뭘 안다고?
Where	어딜 감히?
When	내가 왕년에는 말이야!
How	어떻게 그걸 나한테?
Why	내가 그걸 왜?

일본 만화가 야마다 레이지는 『어른의 의무』라는 책에서 존경할 만한 선배님들, 인생 선배들을 찾아다니면서 인터뷰한 결과를 바탕으로 좋은 어른, 그러니까 나이든 사람이란 어떤 사람인지 언급한 바 있다. 존경할 만한 괜찮은 어른들은 불평하지 않고, 잘난 척하지 않으며 기분 좋은 상태를 항상 유지한다.

혹시 내가 늘 저기압 상태인지, 늘 인상을 찡그려서 미간에 깊은 주름이 잡혀 있는 건 아닌지 거울을 들여다 볼 필요가 있다. 상무, 전무, 부사장, 사장까지 나 역시도 켜켜이 쌓인 상사에게 치이고 성과를 내야하는 스트레스가 있는 상황에서 기분 좋은 상태를 유지하는 것은 정말 대단한 자기관리 능력이다. 이것이 중요한 이유는 나를 평가하는 사람은 임원이지만 나와 오래 일할 사람은 바로 후배들이기 때문이다.

"오늘 술자리라서 말하는 건데⋯⋯.", "내가 너를 좋아해서 하는 말인데⋯⋯.", "좋은 약은 입에 쓰다고 하잖아 고깝게 듣지 마.", "다 너 잘 되라고 하는 말이니까 잘 들어봐."라는 말은 아예 하지 말자. 그런 이야기 들어봤자 기분만 나쁘다.

혹시 후배들이 나를 슬슬 피하는 것 같거나 부하직원들, 후배 직원들이 먼발치에서 나를 보면 갑자기 사라지거나 가던 방향을 바꾼다던지, 식사 시간 또는 회식 때 내 옆 자리에 아무도 앉으려 하지 않는다면 후배들이 피하고 싶은 꼰대임을 자각하자. tvN에서 방영 중인 프로그램 「어쩌다 어른」에서 언급된 꼰대 방지 5계명을 가슴 속에 새긴다면 후배들이 먼저 찾는 선배가 될 수 있을 것이다.

〈 꼰대 방지 5계명 〉

1. 내가 틀렸을지도 모른다.

2. 내가 바꿀 수 있는 사람은 없다.

3. 그때는 맞고 지금은 틀리다.

4. 말하지 말고 들어라, 답하지 말고 물어라.

5. 존경은 권리가 아니라 성취다.

06. 리더라면 형평성을 가져야 한다

한국 속담에 열 손가락 깨물어 아프지 않은 손가락 없다는 말이 있다. 하지만 깨물었을 때 더 아픈 손가락, 덜 아픈 손가락은 있게 마련이다. 이는 자식을 키우는 부모도 그러할진대 여러 명의 부하직원을 둔 상사에게도 동일에게 적용됨은 마찬가지이다.

입사할 때부터 안 부장의 신임을 받아온 에릭 킴 과장. 해외교포 출신으로 영어, 국어 능통에 미 명문대 석사 출신, 포춘 500대 기업 근무 경력까지 갖추고 있어 스펙만 봐도 누구나 데려오고 싶은 마음이 생기게 만드는 재원이었다. 게다가 안 부장은 직접 면접을 보고 뽑았기 때문에 누구보다 킴 과장을 아끼는 마음이 컸다. 경력임에도 불구하고 조직 문화에 빨리 적응하고 해외파여도 야근, 주말 특근도 마다하지 않아 안 부장은 킴 과장과 오래 함께 일하고 싶었다. 하지만 킴 과장은 발탁되어 다른 부서로 전배를 가게 되었다.

아쉬운 마음이 컸던 안 부장은 막내에게 송별회를 준비하라고 하고, 부서 사람들에게는 킴 과장에게 보내는 롤링페이퍼를 쓰도록 했다. 그리고 안 부장은 개인적으로 선물을 따로 준비했다. 그리고 송별 회식을 하는 자리에서 롤링페이퍼와 선물을 함께 전달했다.

회식 자리에 참석했던 부서원들은 롤링페이퍼만 있는 줄 알았는데 안 부장이 따로 준비한 선물이 있었다는 사실과 그 선물이 고가의 만년필이었다는 사실에 두 번 놀랐다. 그리고 대다수의 사람들이 겉으로 드러내지는 않았지만 불편한 감정을 느꼈다.

이때껏 퇴사를 하거나 부서를 옮기는 동료가 여럿 있었지만 누구에게도 하지 않았던 정성을 킴 과장에게 보였기 때문이다. 바로 얼마 전 다른 부서로 이동한 사람에게는 그 흔한 송별 회식도 없었던 것이다.

리더는 모든 책임을 최종적으로 혼자 떠안아야 하는 외로운 존재이다 보니 '내 편'을 갖고 싶은 심리적 방어기제가 있다. 리더의 약점을 지적하거나 매번 부정적인 피드백을 보내는 직원보다 껄끄러운 지시도 웃는 얼굴로 잘 처리하는 직원에게 더 정이 가고 그와 더 시간을 보내고 싶은 마음이 드는 것이 사실이다.

리더로서 후배 직원에게 정성을 보이는 일은 당연히 좋은 일이다. 단순히 좋은 인간관계를 갖는 것이 목적이라면 이런 온정적인 태도가 문제되지는 않는다. 하지만 공식적인 자리에서 모든 사람에게 똑같이 하지 못한다면 오히려 안 하는 것보다 못하다. 감정까지 똑같이 대할 수는 없다. 하지만 정말 고마움을 표시하고 싶다면 개인적으로 해도 될 일이다. 특정 부하직원에 대한 애정의 표현은 적절한 선에서 삼가 하는 것이 좋다. 굳이 모든 팀원이 보는 앞에서 드러나게 할 필요는 없다. 그것은 형평성 논란을 일으키고 나머지 팀원들의 사기를 저하시키는 부작용을 낳기 때문이다. 영속성을 생명으로 하는 기업경영에 있어서 리더의 이러한 행동이 불러올 부정적인 파급효과를 생각하지 않을 수 없다.

'저 사람은 아끼는 사람과 그렇지 않은 사람을 대하는 태도가 다르구나.'

'저렇게 드러내놓고 호감을 표시할 정도면 이미 고과나 평가도 몰아주기가 되었겠군.'

"나는 저 사람에게 중요한 사람인가, 그렇지 않은 사람인가."를 생각 했을 때 대부분의 사람들이 "아니오."라고 대답한다면? 남은 사람들도 조만간 그 조직을 떠날 가능성이 크다. 마음이 이렇다면 조직의 단결력이나 시너지 효과를 내기는 쉽지 않다.

리더라면 떠나는 사람과 인연을 유지하는 것 보다 앞으로 계속 함께 일할 사람의 마음을 잡는 것이 중요하지 않을까? 그러기 위해서는 한 사람을 위한 특별대우보다 형평성을 유지하는 것이 더 중요하다.

공자의 말을 빌리자면 리더는 바람이 되어야 한다. 공자는 "군자의 덕은 바람이요, 소인의 덕은 풀이다. 풀 위로 바람이 불면 풀은 반드시 바람이 부는 방향으로 눕게 마련이다."라고 했다. 리더는 풀 한 포기씩 일일이 잡고 그 방향을 바꾸려 애쓸 것이 아니라 큰 바람을 일으켜 전체 풀의 방향을 바꾸어야 한다. 이러한 큰 바람을 조직에서 비유하자면 '룰'(Rule)이요. 기준이 될 것이다. 풀 한 포기씩 일일이 잡아채는 개인기로 조직을 운영하는 것은 리더에게는 너무나 힘겨운 일이며 일관성, 지속가능성을 담보할 수 없다.

과거 어느 때보다 리더와 리더십의 효과성이 구성원들로부터 신뢰를 얻는 능력에 의해 좌우되는 시대다. 변화와 불안정의 상황 속에서 사람들은 자신을 이끌어줄 관계를 원하며, 이러한 관계의 질은 신뢰의 수준에 의해 결정되기 때문이다. 그렇다면 구성원들로부터 신뢰받는 리더가 되려면 어떻게 해야 할까? 많은 연구 결과에 따르면, 다음과 같은 행동이 신뢰 관계를 형성하는 데 도움이 된다고 한다.

1. 공개하라 (Be open)

불신은 아는 것만큼이나 모르는 데서도 연유한다. 사람들과 정보를 지속적으로 공유하고, 의사결정을 어떻게 내려야 하는지에 대한 준거를 정하고, 여러분이 내린 결정의 이유를 설명하고, 문제에 대해 솔직히 이야기하고, 관련된 정보를 완전히 노출시켜야 한다.

2. 공정하라 (Be fair)

의사결정을 내리거나 조치를 취하기 전에 다른 사람들이 공정성과 객관성에 입각해 어떻게 지각할지를 고려하라. 합당한 것에 높은 점수를 주고, 성과 평가 시 객관적이고 공평하라. 그리고 보상을 분배할 때 형평성에 주의를 기울여라.

3. 감정을 표현하라 (Speak your feelings)

오로지 딱딱한 사실만을 전달하는 리더는 차갑고 냉담하게 느껴진다. 만약 여러분이 감정을 구성원들에게 솔직히 털어놓으면, 그들은 여러분을 진실하고 인간적이라고 생각할 것이다.

4. 진실을 이야기하라 (Tell the truth)

진실은 서로 신뢰 관계를 형성하는 데 핵심적인 부분이다. 만약 여러분이 거짓말을 하고 발각되었다면, 결코 신뢰를 얻거나 유지할 수 없을 것이다. 구성원들은 리더가 거짓말하는 것보다 그들이 '듣고 싶지 않은 것'을 듣는 것에 더 포용적이다.

5. 일관성을 보여라 (Show consistency)

사람들은 예측 가능성을 원한다. 불신은 무엇을 기대해야 하는지 모르는 데서 연유한다. 여러분이 가진 핵심 가치와 신념에 따라 행동하라. 이렇게 하면 일관성은 향상되고 신뢰가 구축될 것이다.

6. 약속을 준수하라 (Fulfill your promises)

구성원들은 여러분이 믿을 만하다고 생각할 때 신뢰하게 될 것이다. 따라서 약속과 원칙을 준수해야 한다.

7. 비밀을 지켜라 (Maintain confidences)

사람들은 사리 분별이 명확하고 그들이 의존할 수 있는 이를 신뢰한다. 또한 여러분이 타인에게 자신의 비밀을 발설하지 않기를 바란다. 만약 여러분이 타인의 비밀을 누설하는 사람이라고 인식되면, 절대로 그들의 신뢰를 받을 수 없다.

참고 자료

- **도서**

  하지은 『성과로 이어지는 일습관』

  무라카미 하루키 『직업으로서의 소설가』

  김미경 『인생미답』

  조훈현 『조훈현, 고수의 생각법』

- **블로그**

  – 할리 베리가 '최악의 영화' 시상식에서 한 수상 소감

    (https://post.naver.com/)

  – [할리우드 말말말] 로버트 패틴슨이 〈더 배트맨〉 출연을 결심한 진짜

    이유 (https://blog.naver.com/cine_play/)

  – 생리휴가사용현황 (국가통계포털, kosis.kr)

  – 리더의 공정성, 풀을 눕히는 바람이다

    (브런치, https://brunch.co.kr/@brunchflgu)

  – 직장인에서 '프리랜서'가 된다는 것

    (ㅍㅍㅅㅅ, https://ppss.kr/archives/)

  – 가치부전 (나무위키, https://namu.wiki/)

- **컬럼**

  말로 하면 잔소리 글로 하면 매뉴얼

  (편파적인 인생 상담 정신건강의학과 하지현 교수 편,

  http://sec.media.samsung.net)

- **신문기사**

  - 경찰대 졸업 톱3 女석권 '여풍당당'

    (서울신문, https://www.seoul.co.kr)

  - 육사도 '여풍'…졸업성적 1~3등 싹쓸이

    (채널A, http://www.ichannela.com)

  - "우리 아빠는요, 콘덴싱 만들어요~"… 경동나비엔, '콘덴싱 외길' 통했다

    (시사 위크, http://www.sisaweek.com)

  - [단독] 공무원 생리휴가, 법조문에만 존재…유명무실

    (시사오늘 시사ON, https://sisaon.co.kr/)

  - 신뢰받는 리더의 7가지 행동

    (주한외국기업뉴스, http://www.gen.or.kr/)

2030 직장생활 지침서

초판인쇄	2021년 4월 8일
초판발행	2021년 4월 15일

지은이	김희영
발행인	조현수
펴낸곳	도서출판 더로드
기획	조용재
마케팅	최관호 백소영
편집	권 표
디자인	호기심고양이

주소	경기도 고양시 일산동구 백석2동 1301-2
	넥스빌오피스텔 704호
전화	031-925-5366~7
팩스	031-925-5368
이메일	provence70@naver.com
등록번호	제2015-000135호
등록	2015년 06월 18일

정가 15,000원
ISBN 979-11-6338-138-9 03810